死線已是十天前

日本文豪的截稿地獄實錄

夏目漱石、森鷗外、太宰治、芥川龍之介、谷崎潤一郎、川端康成、江戸川亂步、夢野久作、川上弘美……等 著

陳令嫻 譯

目錄

死線已是十天前

四

II　編輯是夥伴？還是敵人？

III　就算今天會死，也還是寫不出來

IV　這一切都是幻覺

福澤諭吉

勸學……学問のすゝめ

訓

鄉下學生負笈外出求學，期許自己發憤苦讀，三年內衣錦還鄉。但是當中多少人真能如期實現夢想呢？此外，有人四處借錢，終於買下渴望已久的原文書，計畫在三個月之內讀完。其中又有多少人真能達成目標呢？志向遠大的讀書人表示：「倘若有朝一日能為政府服務，必定會大刀闊斧改革，半年內便讓政府面目一新。」經過多次建言，如願以償之後，真能不忘初衷嗎？窮書生表示：「倘若給我萬兩金子，明天起便在全國各處興辦學校，作育英才，讓日本不再出現文盲。」要是今天有緣成為三井家或鴻池家[1]的養子，書生真能實踐曾發下的豪語嗎？這類夢想不計其數。之所以不了了之都是因為缺乏完整規畫，不是將時間估算得太短，就是將事情看得太簡單。

經常聽聞人們立下志向要「畢其一生」或是花費「十年歲月」來做好一件事，短一點則是「三年之內」或「不到一年」，卻幾乎不曾耳聞「一個月之內」或是「現在計畫，立刻執行」。我至今還沒見過有人實現了自己十年前的計畫。漫長的計畫看似宏大，卻隨著期限迫在眉睫說不出個所以然。這都是因為當初並未妥善評估所需的時間。

1 日本江戶時代興起的財閥家族，戰後由GHQ（駐日盟軍總司令）解體重組。

I

寫不出來，
怎麼樣都寫不出來

田山花袋

書桌……………………机

我試著坐在書房的書桌前。

拿起筆，擺上稿紙，該動筆寫字了。試著寫一、兩個字來瞧瞧。怎麼看都不滿意。題材既不有趣，也教人提不起勁，實在不覺得能寫出滿意的作品。截稿日迫在眉睫，我心想：「別在意截稿日，再想一天吧！」便離開已備妥要寫作的書桌，走到客廳去。

妻子問我：「還是寫不出來嗎？」

「寫不出來，就是寫不出來。」

「這可真頭痛。」

「今天晚上會寫，今晚一定會寫……」

說完之後，在日照充足的緣廊上走一走，去院子的樹林裡走一走。手揣進懷裡，一個勁兒地等待靈感降臨……

要是T雜誌的編輯來了就糟了。他不僅會來，還會流露出要是沒拿到稿子絕不會放過我的氣勢……「都是因為你來得太早了……」這句話裡攪進了許多複雜的情緒。動筆，動筆寫出無趣的作品。作品面市，遭到批評……光想便覺得肉體與心靈都受人擠壓，塞進角落。

這次真的覺得自己寫不出來。心情愈來愈煩躁。感覺過去寫得出來才是不可思議。資料蒐集什麼的都一塌糊塗。一度覺得有趣的題材，如今卻備感索然無味。當初怎麼會想寫這種東西呢……

「寫不出來，就是寫不出來。」

「怎麼樣都寫不出來嗎？」

妻子也一臉擔憂。

「看你兜著圈子走，簡直像是動物園裡的老虎。」

「是啊！」

妻子似乎也很難受，難受於看不下去我這麼難受的模樣。不僅如此，這種時刻我總是心情不佳，找藉口發脾氣，破口大罵妻子，又破口大罵小孩。

「啊，受夠了，我受夠了，我不要再寫小說了。」

妻子會對我說「寫不出來也沒辦法」，卻絕不會說「隨便寫寫就好」。這又造成我另一番痛苦。

但T君還是來了。

「怎麼樣都寫不出來，這次實在寫不出來。」

「我就靠你這份稿子，要是寫不出來可糟了。你不交稿，雜誌就要開天窗了……」

「可是，我就是寫不出來。」

「我再等你一天。」

T君留下這句話就走了。

我又試著坐在書桌前，果然還是寫不出來。最後連看到紙筆都感到痛苦。覺得紙筆和自己心裡都住進了惡魔。

妻子在意進度，悄悄來看我。要是她知道我一個字也沒寫出來，肯定會生氣，所以我拿著筆坐在書桌前，裝出一副寫字的模樣。她放下心來便走了。

「寫出來了嗎？」

「寫不出來。」

「你剛剛不是在寫嗎？」

「……」

不料，半夜突然文思泉湧，獨自清醒後振筆疾書。筆、手、心一同奔馳時那份喜悅！那股力量！那番快樂！轉眼間便寫出兩、三張，又四、五張，不知不覺忘卻不久前才抱怨寫作是辛苦的「謀生工具」。心情回到拜師學藝的往昔。當時我任頭髮留長，在昏暗的燈光下全神貫注於寫作……那時沒有文壇，沒有T君，沒有輿論，什麼也沒有，只有紙筆與心靈伴我一起奔跑。

文人的生活……文士の生活

夏目漱石

我寫作時間不固定。有時是早上，有時是下午或晚上。在報紙連載小說時，每天寫一回。一次多寫幾篇，總是寫不好。還是一天寫一回便放下筆來，好好讓腦袋休息到第二天，感覺成果比較好。我不會一氣呵成。一次約莫寫三、四小時。有時從早寫到晚，也寫不完一回。以為時間充足，卻仍耗費太多時間。判斷只有上午能寫時，反而短時間內就寫完了。

最好的寫作地點是陽光透過紙窗的陰影處。但是家裡沒有這種位置，我偶爾會將書桌搬到曬得到太陽的緣廊，沐浴在陽光下執筆。要是天氣太熱，會戴上草帽接著寫。這種時候往往寫得很好。光線充足的地方都好。

執筆……………時間、季節、工具、地點、期望、經驗、感想等等

寫作時間太漫長令人痛苦，太零碎則難以成文。最適合的時間長短得視身體與腦部的健康狀態而定。

白天和夜晚沒有明顯差異。

不同季節則有天壤之別。

一定用鋼筆[1]寫作。

除卻特殊場合，固定在書房寫作。想必有比山上海邊的書房更佳之處。即便眾人齊聚一堂，必要時仍應完成工作。

1 譯注：原文的ペン泛至所有使用墨水書寫的文具，現在則指原子筆。夏目漱石的時代沒有原子筆，不過文獻指出他喜歡鋼筆，故譯為鋼筆。

閱讀與創作

我總是沒空閱讀，實在非常困擾。寫報紙連載小說期間工作繁忙，當然沒空讀書。好不容易連載結束，便捧著之前丟著不管的三、四本西洋雜誌和日本雜誌；向國外訂購的書籍也寄來了。幾個年輕人拿文章來請我指教，加上回覆信件、接待客人，相當忙碌。

別人或許以為我鎮日蝸居家中，必定空暇無事。其實不然。我在學校授課時，訪客比現在少，日子清閒多了。

總之抱怨也沒用，我只能利用雜事的空檔讀書，實際上卻讀不了多少，教人困擾。

最近閱讀的淨是西洋書。我嗜讀各類書籍，不僅是小說，連倫理、心理、社會學、哲學與繪畫等類型都喜歡。平常早上起得晚，夜裡睡得早，所以每逢沒有訪客、最適合讀書的夜晚，往往體力不堪負荷，一躺下便睡去。既然無法在被窩裡看書，能讀書的空閒時刻更少了。

務必得負起責任，創作時就要提筆。拿起筆來多少能湧上些許興致，不算特別感興趣，卻也不甚痛苦。

一旦下筆，不算快也不算慢，應該是普通的速度。完成後，修正助詞和助動詞的時間則不限夜晚、清晨或白晝。無論何時提筆，寫作必然伴隨著痛苦。但是我下了筆就絕不會裝模作樣，刻意放慢步調。

書信／明信片……明治三十八（一九〇五）年

十二月三日（日）收件人：高濱虛子（書信）

敬復。

您雖然說截稿日是十四號，但是離十四號只剩六天了。十七號是星期天，所以就改成十七、八號吧！即便我趕著交稿，詩神不會接受這個理由（這句話為詩人腔）。總之我寫不出來。今天剛動筆《帝國文學》2的稿子，才知連詩神之外的天神也拋棄我了，一個字也寫不出來。一切都令人生厭。本週非得解決這篇稿子。接下來一星期要寫完《貓》。無論發生何事，時候到了便會完成。還能說東道西代表尚有餘力。桂月批評《貓》不失稚氣云云，一副比漱石老師經驗豐富的老成口吻。啊哈哈哈哈。這世上哪有人文章寫得像桂月那般幼稚廉價呢？這男人真是令人頭痛。有人說漱石寫《幻影之盾》和《薤露行》看來煞費苦心，寫《貓》時遊刃有餘，代表個性適合寫喜劇。寫詩自然比寫信費時。虛子也做如是想吧？寫一頁《薤露行》等作品所需的勞力等同於寫五頁《貓》也是理所當然。這絕非合不合適的問題。貴府蓋了二樓真教人驚訝。想必到了明治四十八年會蓋到三樓，五十八年蓋到四樓，一路蓋下去，到死能蓋好多層。新居落成時請通知我一聲。我先您一步去赤坂，酒席上和寒

2 譯注：東京帝國大學文學系相關人士所創辦的雜誌。

月叫了藝伎來。喜歡藝伎比需要相當練習的能樂還難。今後有空會出席文章會，草稿要是沒完成還請見諒。　頓首

十二月三日　　金

盧子先生

十二月十一日（一）收件人：高濱虛子〔明信片〕

實在沒時間，今日不得已向學校請假一天以完成《帝國文學》的稿子。分量約莫六十四張稿紙。應執筆更多，無奈時間不足，故而省略後文。成品是愛講大道理的奇怪文章。明年還請批評指教。明日起振作精神來寫《貓》。但這麼做著實痛苦，真想找人代筆。預計十七、八號完成。讓您與印刷廠啞口無言，實在抱歉。

夏目金之助

論寫作……………………………作のこと

泉鏡花

我不清楚別人的情況如何，可我眼下這段期間最不適合動筆。季春轉換為孟夏，冒出嫩綠新葉的時期，接觸到戶外滿是霧靄的空氣，便打不起勁，無法隨心所欲創作。

倘若問我何種季節最適合寫作，雖然不能自行挑選創作時間，但最喜歡溽暑或酷寒這般要熱就熱、說冷便冷的極端天氣。若說一天中哪個時段，夜晚寫作要比白天快得多。要是白天能寫上五張稿紙，入夜後便能寫上十五張。

白日坐在書桌前提筆，家人總會為了些雜事來喚我。說著「該吃飯了」就得下樓去吃飯，等賣豆腐的來了，往往坐在二樓也能聽見他們的談話。

白日總教人在意時間，又有諸般瑣事提醒人現在是何時。到了夜晚，不再出現任何事打斷時間，才終於能靜下心來。

時間快慢端看當下心境。有時感覺漫長，有時又短暫得驚人。工作進展順利時，連我都會驚訝於時間竟然過得如此之快。

剛動筆時，吩咐人出門辦事。對方沒一會兒便回來，快到我以為他根本沒出門。一看時鐘，其實早過了兩，三小時。這點事對我而言毫不稀罕。反言之，要是遲遲下不了筆，時間則慢到我懷疑時鐘指針分秒未動。

我一提起筆便能一口氣寫上好幾張……還不覺疲累。當然，停筆時多少還是會因費神而感到疲倦，但比起要我抄寫已經寫在紙上或是印刷出來的文字，後者無論文章再短都教人乏力，無法忍受，不僅累，還得花上大把時間。

當我胸有成竹時，能寫多快便多快，甚至比抄寫還快。

信……昭和二十一（一九四六）年

手紙　昭和二十一年

志賀直哉

十月三十日（三）　收件人：上司海雲[3]

前天拜讀從東京轉寄的信和寄至此處的明信片，聽聞觀音院門庭若市，想必勞心勞力。明明當初也給你添了諸多麻煩，見旁人一般的行徑，

3 譯注：一九〇六～一九七五，東大寺第二〇六代住持，喜愛文學與藝術。直哉一九二五年遷居奈良之際，曾在上司的觀音院逗留約一個月。直哉所建立的文人沙龍，在他離開後由上司接手，長期為奈良一地的藝術文化投注心力。

卻不禁對你身心疲勞的模樣寄予同情。這麼說雖不合乎情理，可主人唯你一人，卻得面對無窮無盡的訪客，費神費力，還請多多保重。

來到這裡，消失多時的創作欲望湧上心頭。原是十一月五日截稿，請對方延至十日，卻因泰半在遊玩，甚無進度。前陣子廣津夫妻來住一晚，加上里見共四人打了三莊[4]麻將。那天里見還來了五個留宿的客人，星期六旅館擠滿了人，手忙腳亂。今天久保田萬太郎夫妻（五、六天前結婚）離開，翌日里見也將返家，獨獨剩我一人。待沒幾天就離開不由教人嫉妒，可沒人陪我玩反倒是好事。

4　譯注：日本麻將多以半莊為單位進行，半莊為八局。

我的貧窮故事……私の貧乏物語

谷崎潤一郎

除此之外，我之所以貧窮的另一個重大原因是寫得慢。我總是對前來催促稿子的記者諸君訴說這事，然而真能諒解進度嚴重落後的只有和我一同生活的家人，記者諸君等人不過是隨便聽聽，實在令人惋惜。其實我很討厭社會大眾咸認我將熱心鑽研或是苦心雕琢視為引人矚目的特色，所以不想浪費唇舌多作說明，可我寫得慢並非出於上述的特殊理由，還是因體力不濟。我要是深入思考一件事，心靈與肉體便頓感疲勞。所以最多撐二十分鐘。這該是年輕時罹患糖尿病所致。總而言之，基於這樣的理由，面對稿紙時，每十到二十分就得穿插些雜事，例如抽菸、喝茶或是上小號。不這樣稍事休息，轉換心情，便無法專心思考。偶然在某處陷入停頓時，便頻繁地或站或坐，或喝茶或抽菸。試著抽根菸，再盯著稿紙五到十分鐘，還想不出來就再喝點茶、或緊盯著稿紙看。要是抽菸喝茶都沒用，改去上個小號，順道去院子裡散步回來盯著原稿瞧。情況嚴重時，還感覺稿紙在排斥我，於是嘆著氣躺下來，凝視天花板三十分鐘或一小時。似乎不只我一人會如此，但我的情況格外嚴重，一小時中實際動筆的時間頂多十到十五分鐘。這是寫小說的情況，隨筆又不同。要證明此言不假正如同字面所言，耗費一整天——除了洗臉、進食、入浴，以及早晚讀報之外的時間全數投入寫作，表現最好時一天可寫四張稿紙，不好時一天兩張；年輕時曾經創下一天十張的紀錄，近年來已日益衰退。回溯近日，《春琴抄》與《割蘆葦》時是三張半到四張，《夏菊》則是兩張半到三張。我仍記得寫《盲目物語》時最為痛苦。當時特意隱居高野山，迴避訪客，專心致志於寫作，交出兩百張稿紙的作品。然而最後仍難以突破一天兩張的效率。所以那部作品除卻準備時間，耗費百日以上，幾乎整整四個月之久。那還是我不舍晝夜，有時甚至坐在書桌前直到半夜兩、三點的成績。要是那段期間仍接待客人，寫寫信，或是出門散步，進度必定大幅落後。

倘若我沒有罹患寫得慢這種病，倘若我目前傾盡全力才寫得出來的稿量能在上午完成，下午便能悠然自得，無需特意安排「遊憩的時間」。事實上許多作家每天完成足量的工作後，會去散步、讀書、見見友人與處理雜務等等；有的則是在一週或是十天內即完成一個月的工作量，剩下來的時間悠哉度日。然而我無法如此靈活運用時間。一旦執筆較長篇的作品，別說是娛樂，連婚喪喜慶等人情禮節都顧不了。然而人畢竟無法自絕於社會，持續一、兩個月之久自然會衍生諸多煩擾，工作進度也就此落後。好不容易完成一份稿也無多餘閒暇遊玩，必須立即著手下一份稿。因此最近的我無法澈底區分遊憩與工作，生活也逐漸轉變為鎮日枯坐桌前寫稿，期間稍微寫點信、約人見點面、出門散點步、讀點身邊的書。無論工作還是遊憩都掌握不了，總是坐立不安。

報紙連載小說之難——新聞小說難

菊池寬

　　我正在執筆報紙連載小說《陸上人魚》。作家的工作當中，最棘手費神的便是報紙連載小說。作家的地獄當中，最折騰的一層正是報紙連載小說。寫《珍珠夫人》時我還精力旺盛，不怎麼覺得苦，如今卻也忍不住抱怨起來。

　　無論是圍棋抑或將棋，但凡興趣成了工作，頓時變得一點意思也沒有。對於作家而言，創作變成吃飯的工具也是相當磨人。寫個十張到二十張的短篇，提筆前的三、四天和完稿後的三、四天都做不了事。報紙連載小說則是無論發生任何天災人禍都得一天寫出一回。要是挑三揀四，這不寫那不寫，社會上一百幾十萬份報紙的小說欄目就要開天窗了。沒有比報紙連載小說責任更為重大的工作了。我只有上午才寫得出東西。儘管報紙連載小說僅需寫四張，可提筆前的兩、三個小時無法做事，完稿後又因工作折騰而兩、三個小時心神恍惚。一整天的勞動時間全耗在了報紙連載小說上，無法著手任何事。尤其是搜索枯腸時的痛苦更是刻骨銘心。

書信

昭和二十六（一九五一）年

手紙　昭和二十六年

吉川英治

河上：

這幾天我反覆思索是要親自造訪貴社，還是要麻煩晉[5]。最終仍決定寄信聯絡你。因為這是和你面對面時難以啟齒之事……

小說我還是寫不出來。對於你長年待我的誠意，以及於我個人的指教等諸多好意，著實不知該如何表達歉意，懇請海涵。我實在寫不出來。

5 譯注：吉川晉。吉川英治的弟弟，亦從事編輯出版工作。

最近老是浮現脆弱的念頭，例如人世無常，或是對現代社會感到失望，提不起勁來接下責任重大的小說專欄。

前一陣子閒聊時，我開玩笑說是因為年紀大了。仔細想想，其實也到了耳順之年。所以那不是玩笑話，而是實實在在的生理現象。

我不想讓內人擔心，總是逞強稱身體健康。其實週期性的腹瀉遲遲好不了，時不時感覺年事已高。

最重要的是，我缺乏書寫報紙連載小說的熱情。這是事實，所以既想不出來主題，也準備不來。這真不像我，但最近總是容易因身邊瑣事與桌邊雜物意氣消沉，無心收拾。擱置不理的事堆積如山，因此時間上也負荷不了新工作。

我沒臉見你，下次見面時必當親自賠罪。無論如何致歉都無法彌補我的過錯，只得百拜表達歉意。

這陣子，不對，從上上個月，上個月起，我和內人討論這番苦惱。講著講著，卻害得高木之前遠道而來。我進退維谷，還請見諒。

懇請寬恕。

針對此事，我必當親自致歉，因此由賤內交出了這封信。

幸勿見怪。　　僅此

二月二日

英治

河上英一先生　煩後輩轉交

梶井基次郎

大正十五（一九二六）年

はがき　大正十五年

明信片

九月十五日（三）　收件人：近藤直人

昨日返回東京。新潮之稿件不能成文。即便截稿日由五日延至十五日，仍舊意興闌珊，無心提筆，遂上京婉拒。甚為心痛。因此人在大阪亦百事無成，又錯失會面時機。昨日心想你或許在瀧之川，便前往造訪。時間雖晚，幸與令叔母閒談片刻。閒話之際三重與阿昌歸來。三重復如昔日消瘦。即將去函，懇請稍候。

江戸川亂步

三篇長篇連載……三つの連載長篇

在我三十年的作家生涯中，有兩、三段時期產量至為豐富。第一段時期是在大正十五（一九二六）年度。成為專業作家的十四（一九二五）年度雖較其餘年度創作旺盛，也不過寫了十七篇短篇小說與六篇隨筆。大正十五年卻急遽增加，多達五篇長篇小說、十一篇短篇小說與三十三篇隨筆。長篇中又有兩篇是從年底筆耕至隔年；一篇寫了三、四回方停筆。儘管如此，年初同時負責一本月刊、一本季刊與一本週刊，必須要有忙得不可開交的心理準備。另外，年底除了其他連載又投入報紙連載小說。對於缺乏靈感的我而言，這番忙碌實在應付不來。

十四年度在《苦樂》[6]發表《人間椅子》後，或許因為獲得讀者投票第一名，總編川口松太郎邀請我從該雜誌十五年度正月號開啟人生第一部長篇連載小說。我原本個性偏向書寫短篇，不擅長安排長篇情節。因此截至今日，從未提筆寫下真正的長篇小說。縱然如此，我仍舊拋不下野心，夢想在死前至少要寫一篇新型態的本格長篇偵探小說。

單純來看，《苦樂》的總編邀我寫第一部長篇時便理當拒絕才是。然而這時我的第二人格——沽名釣譽的記者占了上風，受到虛榮心驅使，無視於己身實力便一口答應（另一番單純的心思毋需多言，自然是所有作家的煩惱——當職業作家養不活自己）。

總而言之，我答應了總編之邀，第一回約莫寫了四十張稿紙。當時尚未確定結局。當然我早已大致考量過，卻在釐清思緒前便迎來第一回的截稿日，所以非得寫出開頭不可。實在是毫無責任感啊。我這人就是擅於寫故事的開頭，日後多位偵探小說作家共同著述時，總是由我負責第一棒。或許也是因為出版社看上了我對開頭的拿手。頭一次在《苦樂》連載的長篇小說，第一回便大獲川口總編好評。我記得交出稿子後，在雜誌發刊前和川口一同前往六甲苦樂園泡溫泉。在溫泉池裡凝視彼此的裸體，對方誇獎我第一回的稿子好比谷崎潤一郎。

6 柏拉圖社所刊行的娛樂雜誌。

寫不出來的稿子……書けない原稿

橫光利一

我早上總是在發呆。不知是哪本書提過，三月生的人早上的幾個小時必須獨處。我的生活確如書上所言，早上如有客人來訪，那天一整天就什麼也做不了。早上該花幾個小時沉浸的事全數浮上腦海，直到午後才獲得解放，筋疲力竭。明明我那時只是訪客的聽眾罷了。二十五、六歲之前，氣候或當天天氣不會對我造成任何影響。然而到了這把年紀，連身體的小地方都會受天候影響。可以說人過了三十歲，命運便受天候左右。基本上我收到委託都會答應，卻幾乎交不出稿來。以前不致拖稿至此。可自從天候影響身體以來，交不出稿的情況日益嚴重。我認為凡是受人委託，便應當感謝對方的好意，接下邀請。然而接受委託並不代表非寫不可。為什麼我會這樣說呢？寫不出來時逼迫作家動筆形同剝奪對方的生命，要是不惜殺了作家也要索討稿子，代表一開始的好意邀稿已然成了利慾薰心。我要是接受委託卻沒動筆，日後往往會遭到低俗的雜誌匿名捉弄。但是我不交稿的對象都是傷風敗俗的雜誌。要是遇上精神崇高的記者，儘管當下寫不出來，交不出稿，等到寫出自己滿意的稿子時必定會寄給對方。因此匯集優秀文章的雜誌，背後想必有位品格高尚的從業人員。唯有人格高潔者方才辦得出好雜誌。某本雜誌曾經委託我寫稿，每個月三顧茅廬，我卻一整年都寫不出來。每次看見那位記者，我總是鼓起勉強動筆之心。然而對方為我做到這般地步，我卻勉為其難寫出了無趣的稿，反而對他失禮了。我因而內心痛苦不堪，愈發寫不了字，一整年都交不出稿子。但是一年之後，我一完成當年最心滿意足的稿子便立刻拿去找他，暗忖著終於還清長年以來積欠的債務。有些人會說「什麼樣的稿子都好」。然而要是什麼樣的稿子都好，我也不必特地留意天氣變化來寫稿了。我可是沒辦法那麼驕矜狂妄，明明年紀輕輕還敢什麼稿子都寫就直接交出去。要是作品中一不小心出現了前後關係不明的句子，任誰瞧見了都會想作者必定十分心痛，竟然任由這般差勁的文句面市。我也不是不明白記者的苦心，但那是對方的苦心而不是我的苦心，我的苦心要是受對方的苦心影響，則會留下稿酬也難以消弭的不快感受。寫小說時，要是沒在截稿日前一週完成便無心交稿。剛完稿時無法以客觀的眼光審視，聽聞他人批評則立時怒髮衝冠。然而寫完放進壁櫥裡一星期便忘得一乾二淨，再拿出來看才逐漸發現缺點何在。但此刻截稿日已迫在眉睫，沒空修改了，只能修修助詞和助動詞便交出去。忍耐一星期全是白費工夫。一星期後悄悄從壁櫥裡拿出來重新看過時，倘若湊巧客人來訪或家人呼喚，客觀的眼光又驀地被打斷。這下子也看不下去，得再花上一星期才能重拾客觀角度。這種事真做起來便沒完沒了。我巴不得做這種沒完沒了的事做到沒完沒了。要是能無視雜事投入修改，我肯定幸福得像個孩子。然而人要過日子，生活需要錢。所以之於我們而言，生活更重於藝術——又冒出了對自己發表意見的習慣。但要是此等意見如此重要，我可不想過這種日子。理論與情感一如普羅藝術，變得支離破碎。究竟該以生活為重，還是藝術為重？如就此認定，命運便也隨之定案。我不想限制自己的命運。人生只有一次，要是不想輕易決定己身之命運，唯一的活路便是兼顧生活與藝術，跛腳前進。拖著跛腳前進的節奏音階所響起的旋律時而清澈、時而混濁，作品便由此而生。其中夾雜著天氣與雜誌記者的舞動。例如眼下我身處的房間教人熱出一身汗，室外卻驀然雷電交加，下起傾盆大雨。我因而打了噴嚏，不由脫口說了「真是涼快」便不願再拿起筆來。全心全意投注於寫作時，壓根兒忘記裡頭多麼炎熱。但是當我打了噴嚏，感覺到涼意時，便打算享受這股清涼。你看，文氣必然就此起了變化。文氣起了變化，我的命運想必也會隨之改變。這麼說來，我總會感受到風的威力。風的威力巨大，能夠改變人類的意志。風在不知不覺中夾帶雨吹進房間裡，害我坐立不安。我非常討厭風，因此可說本質上愛好和平（正當我想確認這份愛好和平之心時，只見雜誌記者冒雨奔來）。走進會客室迎接對方。他坦率勇敢，年輕善良，為了要我交出一篇無趣的小說，這三個月以來已登門拜訪六次。我一天寫一張稿紙，總算寫了五張。為了這位記者，我打從前天便坐在書桌前，卻因熱氣而腦袋無法運轉。對方畢竟來了六次，我也不想草率行事。對方說正宗白鳥交不出稿，所以來了我這裡。要是正宗白鳥這樣優秀的作家和我在同一本雜誌上發表文章，就算交出無趣的作品，壓力應也不至於這麼大。但是記者經常遇上以為絕對會交稿的作家交不出稿子而另一位作家又寫不出來的困境。可寫不出的時候，怎麼樣都寫不出來。我便在家中打轉。明明不想上廁所，回過神來時卻發現自己已經躲進廁所裡。唉！來這種地方是要做什麼呢？又走了出來。這下又用頭撞格子紙門，不由呻吟出聲。寫這些東西究竟有什麼意思呢？不過是些勞動的紀錄罷了。

日記……昭和十二（一九三七）年

日記　昭和十二年

凌晨四點起床。著手進行《改造》[7]的稿子。九點半前寫完二十一張稿紙。中午時分，《改造》的水島治男來訪。認識近十年，他依舊青春洋溢、活力充沛，依舊叼著大菸斗。聽到能再等我一會，不禁鬆了一口氣。他說是順道來看看我，令我感動流淚。得好好謝謝他才是。西原小松夫人來訪，與水島三人相偕去三福吃壽喜燒，在伊勢丹百貨前道別。去紀伊國屋書店買了河盛好藏翻譯的《曼儂・蒂思歌》（*Histoire du chevalier Des Grieux et de Manon Lescaut*）。岩波文庫就好在最便宜且最誠信。到電影院武藏野館看了德國與蘇聯紅軍的新聞和挑戰攀登喜馬拉雅山的報導。傍晚時分下起小雨後放晴。看了新聞教人憂慮得不得了。無論如何，戰爭終究是野蠻的。所以天降大任於林大將也。孜孜矻矻地工作吧！除此之外沒有別條路可走了。（一月三十日）

7 一九一九年創刊，一九五五年停刊。介紹當代最新思想潮流，亦為新人作家提供嶄露頭角的機會。

太宰治

書信／明信片…………昭和二十三（一九四八）年

手紙／はがき　昭和二十三年

五月七日　收件人：津島美知子〔明信片〕

知道你平安，我放下一顆心。事情都麻煩你了。石井將行李拿給我了。無需再寄蘋果來。這裡的環境相當好，工作進展順利，身體狀況也甚佳，感覺一天一天胖起來。所以我拜託古田再五天，也就是十五號回東京。預定十五號之前完成《人間失格》。十五號傍晚，新潮社的野平編輯在工作室（千草）等我。我們在那裡住一晚，由我口述，野平筆記。

回到家應是十六號傍晚。接下來才是《朝日新聞》的工作。身體狀況甚佳，心情很好。

要是有什麼事就打電話給筑摩書房。

五月（日期不詳）　收件人：宮川剛（書信）

敬復。

我現在被關在大宮工作，身體狀況極差。之前兩次見到你，察覺你經濟境況窘迫。

但是人類這種生物從不會輕易氣餒。俗話說「窮則變，變則通」似乎是真的。這「窮則變」不是「就算窮也會通」，也不是「窮了所以通」，而是「要先窮才會通」。好好琢磨「要先窮」之處，必定能通。

人在外地，身上沒多少錢，只能寄給你兩千元。這不算借你。

太宰　治

宮川岡先生

II

編輯是夥伴？
還是敵人？

無恆債者無恆心

……無恒債者無恒心

內田百閒

在下歲末困窘，不知該如何是好。瞥了一眼帳簿出示的請款金額，便望洋興嘆。說要借錢，可這時機也太差。我拜託對方的理由即是對方拒絕的理由。年底借錢基本上是沒指望的。但我也不能就此不管，一番苦思熟慮之後，終於想出黔驢之技——寫稿賺稿費，以為過年的資金。在一般人眼裡是極其普通的計畫，但是在下對此甚為不安，況且這個靈機一動的點子能免去歲暮奔波之苦，對在下而言似稍顯異想天開了。於是前往雜誌社編輯部，造訪舊友某君。

「我明白了，但是你大致完稿了嗎？」

「沒有，接下來才要動筆。」

「這樣來得及嗎？」

在下回答得彷彿不干己事。「來不及就糟了。畢竟我需錢孔急。」

「我明白歸明白，但敝社上班到二十八號，接下來是新年假期，要是在那之前交不出來，我也沒辦法付稿費喔。」

在下允諾必定會交稿後便回家了。盤算先賺個兩百塊。兩百塊雖算不上夠用，年關將近之際要借到同等金額卻非輕而易舉之事。應該問上好幾人都借不到。所以今年歲暮就先靠這兩百塊撐過去吧！在下做出決定，迅即投身工作。擺出文人架子，躲進房間，點燃瓦斯暖爐，接著抽起菸來，不刮鬍子，陷入沉思。

過了一天，頭便痛了起來。於是關掉瓦斯暖爐，改用電暖爐。出門逛過一家又一家電器行，最後走到位於半藏門的東京電燈商店，調查哪一型號的暖爐合適。但是手頭沒錢，買不下手，看一看便返家，向附近位於崖壁下方的電器行老闆交涉。走進電器行一看，店內只有一臺電暖爐，像是兩、三年前的商品，後面反射板還有看似皮癬的汙漬。協商的結果是在下先用用看，好用的話再付錢。老闆知道寒舍在哪裡，很快便帶了電暖爐來裝好。

在下打開電暖爐，關掉瓦斯暖爐，陷入沉思。思考了一會，察覺鼻孔裡變得乾硬，還微微緊繃，挖了一圈，竟乾巴巴的。接著眼睛也乾澀起來，眼睛和眼皮內側摩擦的感覺不同於平常。不能光用電暖爐，只好關掉電暖爐，改用瓦斯暖爐，並且放上水壺燒起了開水。可瓦斯暖爐用太久又會頭痛，只好過一段時間就關掉，改用電暖爐。電暖爐用太久，鼻孔和眼睛又太乾燥，只好過一段時間再關掉，改用瓦斯爐。以致那天白日與夜裡淨忙著調整暖爐，沒寫半個字。

就在這段期間，鬍子愈來愈長，零用錢也見底。成天蝸居家中，腹部日益不適，加上期限所剩不多，莫名煩躁起來。原本在下就不熱中寫文章。靠寫稿賺錢實在是過於膚淺的想法。況且幾天下來蝸居家中，日子過得像被迫滯留拘留所似的，不由胡思亂想起來。與其過得如此悲慘，不如東奔西走，遭人擺臉色仍仰人鼻息的借錢生活還比較風雅瀟灑。於是在下關上電暖爐與瓦斯暖爐，決定不再做這種不合乎個性的事。

然而早在想到靠寫稿賺錢之前，在下便已放棄在不適宜的時機借錢。儘管是在下自行上門拜託雜誌社收稿，答應人家的事畢竟不能輕易不了了之。又回想起不寫稿就籌不到過年的資金，只好再次回到書桌前。事態毫無解決的跡象。

到了二十八號早上，稿子連一半都沒寫出來。只能趕緊出門，率先前往雜誌社賠罪。

「實在不好意思，但是真的沒辦法。」

「沒寫完嗎？」

「連一半都不到，只能放棄。」

「敝社六號上班，到時要是寫好了，請讓我拜讀。」

「既然你這麼說，我到時再來。」

回家路上心情沮喪，二十八號是在下需要用錢的期限，然而在雜誌編輯眼裡，二十八號不見得要拿到稿子。這下子在下形同是為了己身之苦惱而跑來向人道歉了。

這天午睡了整日好撫慰連夜來的辛勞。莫名放下心中一顆大石，甚為愉快。但是在下在午睡期間為了調度接下來兩、三天奔波借錢所需的資金，命內人將在下唯一的大衣拿去當鋪換錢後遂墜入夢鄉。

隔天在寒冷的冬雨中走出家門。叫住一輛出租汽車，和司機談條件。最後以第一個小時一元五十錢，之後每小時一元三十錢的金額成交。在下靠在意外簇新的椅墊上，抽著菸，眺望窗外冬雨，命司機以低於二十英里的速度奔馳。沒什麼好急的。而且是依照時薪來支付，慢慢來對司機也不會造成損失。第一個目的地是荻窪，接著回到神保町，再去阿佐谷，繞到日暮里，再去西荻窪[1]。這一番奔波是因為無名會不再借錢給我，只好四處取得相關人士的諒解和許可。最終達成目的，允諾

1 譯注：荻窪、阿佐谷和西荻窪鄰近，神保町則和日暮里較近。

我借款一百五十元。寫什麼稿子，還是東奔西跑才自由奔放，符合我的個性。然而最後到了負責借款事宜的同事自家，對方表示歲暮時分人人都得用錢，準備好的款項已陸續被取走，眼下只餘一元二、三十錢。

那位朋友說：「今天不是都二十九號了嗎？你也太晚來借了。」

三十號和三十一號從早跑到晚，全落得徒勞無功。出租汽車的經費在第一天便花得一乾二淨，後兩天靠的是電車與合搭出租汽車。大多數人都外出不在家。知道撲了個空時不免心下失望，卻又不禁鬆了口氣。接著鼓起勇氣朝下一戶邁進。

到了除夕夜，在下回家後筋疲力竭。內人恨恨地說要是沒四處奔波，光靠車資就能打發訂報費和豆腐店的貨款了。這話說的倒也沒錯。路上人來人往，腳步聲聽來急切，汽車喇叭聲也未曾停歇。在下的心情逐漸平靜下來。這兩、三天究竟為何四處奔波呢？如今並無趕著買的物品，也沒有年底旅行的打算。既無額外需付錢之事，要付的只有還債的錢。為了籌措還債的錢，四處借錢是多此一舉。還不如先別還錢，總比借錢來還錢更妥適。這是端坐家中也能採行的金融手段。儘管已至除夕夜，仍在大街上奔波的人群似乎慢慢發現了這事。大家拿了錢來，然後交給來要錢的人。為了這事，眾人賣力奔走，真是可憐。可既然沒發現，可憐也是迫不得已。

除夕鐘聲將響。說要再來一次的討債人應該不會來了。眾人百忙中無暇特意撥冗來訪寒舍。在下沉浸於借錢的極樂世界，細數除夕鐘聲。

明信片……大正二（一九一三）年／大正六（一九一七）年

はがき　大正二年／大正六年

島崎藤村

十一月二十三日（日）　寄件處：巴黎；收件人：博文館編輯部

彼時之後，函候久疏。貴館特意寄來每集《文章世界》，且在下亦欲知曉故鄉友人近況，拜讀之時總感懷念。

允諾貴館之稿件《櫻桃成熟時》一事，在下抵達當地實應盡早提筆。然抵達後，實際情況不同於預想之處甚多，委實羞愧。在下本人亦感焦躁。尚祈貴館明察諸多情事。[2]

此外，在下有一事相求，盼貴館容在下肆意更改前揭之《櫻桃成熟時》交稿時間。計於明年春天一月時提交第一回稿，訂於歲末告終，適逢原訂時間之一年後。蓋提筆撰文則語文習而不得，甚為困擾……十一月二十三日

2 譯注：藤村與姪女外遇並讓對方懷孕後，為了逃避現實而前往巴黎。

八月二十七日（一）　收件人：土屋總藏

預定今年秋季發表之遊記《如燕歸來》費時月餘，僅落筆三十三張。在下身體狀況可見一斑。縱然如此，在下仍致力於恢復健康。應為擔憂在下之歌會[3]同志所盡義務亦如前揭所言，迄今莫能甚盡，實感愧疚。今後季節日趨宜人，在下欲盡應盡之義務。僅先匆忙致歉。

八月二十七日　藤生

3 譯注：藤村與收信人土屋總藏（筆名：土屋殘星）原是師生，後來發展為亦師亦友的關係。土屋吟詠和歌，為歌會白閃會的一員。推測信上的「会」指稱歌會。

自序跋

自著序跋

川端康成

我的作品當中，以《禽獸》最常受到批評。評論家議論我時，必定會提出這部作品來解讀。但我對此甚感不滿。我與作品中的人物不同，況且我是基於厭惡而提筆寫下這部作品。我不會忘記當初是欠《改造》的編輯人情，不得不在隔天交出一篇小說。過了半夜十二點還絲毫沒有腹案，於是自暴自棄，決定以令人最為不快的故事為題材。隨意塗改到隔天過午的成果正是《禽獸》。儘管我估量著寫得冷漠可憎，卻受限於對狗與鳥的愛心，無法貫徹到底。加上沒時間了，便花許多篇幅描寫狗與鳥。不料，這部作品竟成了我的代表作之一，我也因而湧上些期望。

當野田書房的野田決定發行這部小說的限定版時，我一度打算修改整份稿子，最後卻未付諸實行。想到讀者咸認《禽獸》所描寫的是我本人，臉上總不由浮現寂寥的冷笑。《禽獸》的「他」與《雪國》的「島村」都是我刻意選擇與自己有著天壤之別的人物，並將嫌惡與憎恨投射在這些角色身上。他們不過是落寞的虛構人物。

除非感受到編輯喜愛我的作品，我又欠編輯人情，否則絕對寫不出半個字——以前我沾染上這樣的惡習，《禽獸》便是其中一個例子。《改造》的德廣巖城與水島治男特別照顧我，但他們兩人如今都已不在這位置上。我至今之所以能寫出作品來，一半以上都是出自編輯的德行。

編輯中記

編集中記

橫光利一

我在十一月六日接下了從正月號發刊的編輯工作。從那天起立定新年號的計畫，委託作家寫稿。一切行動都匆匆忙忙。但是佐佐木和我又忙著交別的雜誌正月號的稿子，所以我們既被其他雜誌的截稿日追趕，又為了《文藝時代》[4]的截稿日而追逐他人。這是截稿日的競賽。川端說他最生氣的事莫過於到了截稿日還沒收到稿子。原來沒收到稿子會生氣。生氣歸生氣，罵人又會激怒對方，所以不能發脾氣。想到這裡又更

4 譯注：一九二四年十月創刊的文學雜誌。由發起人川端康成命名，目的是對抗當時文壇老舊勢力。

生氣了。只有川端在截稿日當天準時送來二十張稿紙的文章。他雖準時交稿，卻讓我手忙腳亂，不得不延後編輯他的文章時，頓感自己不負責任而心痛，倘若他晚點交稿反而我安排時間更方便。片岡、中河、佐佐木茂索與菅等一干人則沉默不語。怎麼等都等不到稿子。這些人究竟在幹什麼？我打算下次叫這些人寫關於「截稿日」的文章。這是我第一次當編輯，沒收到委託的稿件，完全不知道該如何換成其他稿子。而且佐佐木味津三因為痔瘡發作而臥病在床，聽說夫人一小時得為他換上約莫三十次熱呼呼的蒟蒻。光是這樣也就算了，截稿日當天連我一隻眼睛都出現斑點，寫不了字。想到這裡就連胸口都莫名疼痛起來。

「這是肺病嗎？」

對方向我說明：「不是，呼吸道疾病不會疼痛。」

「那是胸膜炎嗎？」
「不是，胸膜炎笑了也會痛，緊繃的那種痛。」
「這樣啊，我是突然劇痛。」

這下子終於明白我得的不是肺病，也不是胸膜炎，而是不明所以「會突然劇痛的病」。儘管我安心下來等待截稿，胸病與眼疾卻總是好不了。只收到兩份稿子，害得我討厭起編輯的工作，而且又到了其他雜誌二月號的截稿日。想到這裡，我一面著手計畫雜誌二月號，一面哀求大家給我稿子。不在這個月編完二月號，屆時正月期間印刷工人休假就得延後出刊。這實在非常令人頭痛。所幸有趣的是，這份雜誌的編輯是輪值的，所以等我編完這三個月，我就要來拖稿折騰每一個人，而不會像川端那樣故意準時交稿來諷刺其他人。大家儘管在我當編輯時來讓我吃苦頭吧！二月號還不能任性，只能制定痛苦的計畫。總之到時我肯定會一個一個折磨所有人，向我抱怨也沒用。後來終於拿到稻垣足穗的小說，我則打算寫篇散文。但是身體狀況不見好轉，只得以中記稍稍表達意見。其實我現在虛弱到連委託寫稿的信都請人代筆，無禮之處還請見諒。

流感記

梅崎春生

我還是得了流感。

這次的流感病毒據說相當毒，會燒上一星期。我聽了非常膽怯，極度警戒，幾乎不太外出，勤勞漱口，有空就鑽進棉被裡，卻還是染上了流感。那是十一月二十七日（昭和三十二（一九五七）年）的事了。

相較於別人，我的工作量算是少的。但是手頭上有一篇週刊的連載，要是平日臥病在床，將立刻淪落到開天窗的田地。當時還有一篇《新潮》[5]新年號的小說等著我交稿。

5 譯注：新潮社刊行的純文學雜誌，創刊於一九〇四年，持續發行至今。

早上打起冷顫，一量體溫竟燒到三十七點四度。這下可糟了。我趕緊吞下感冒藥，鑽進棉被裡。然而體溫還是節節上升，到了下午燒到三十八點五度。這時《新潮》編輯部的田邊打電話來。他是來催稿的。

家人接了他的電話，告知我燒到三十八點五度。田邊的回覆是要我三天內至少交出一篇文章。換句話說，他懷疑我裝病。

至於他為什麼會懷疑我呢？這是因為我一週前對他開玩笑，說我十一月二十七日打算去參加文春祭[6]，搞不好會因為人潮眾多而染上感冒，隔天若臥床，就交不出要給新潮社的稿子了。當時田邊苦著一張臉說：

「別開玩笑了！」

預定二十八日要睡上一天，卻因為二十七日染病，沒辦法去參加文春祭。

到了二十八日早上，或許是休養了一天，體溫降到三十七點二度，下午則停在三十七點五度。這時傳來田邊激動的腳步聲，便讓他進到我休息的房間。

畢竟是真的生病了，枕頭旁放了藥袋、藥瓶、體溫計、茶壺、杯子和漱口藥水等七種養病工具。看到這些物品，田邊也領悟到我並非耍賴裝睡，而是真的臥病在床，口氣聽起來相當失望。

「你真的感冒了嗎？」

「真的啦！」

我努力擠出虛弱沙啞的聲音。

6 譯注：應為文藝春秋出版社舉辦的活動。

「一看就知道感冒吧！」

「燒到幾度？」

「嗯，差不多三十八點七度。」

我要是老實說只有三十七點五度，他肯定會逼我起床寫稿，於是我臨機一動，多加了一點二度。

「是嗎？你燒到三十八點七度啊？」

看來田邊相信我的說詞了。

「要不要躺冰枕？」

「嗯，燒到三十九度再拿出來躺。三十八度就用會養成壞習慣。」

「你在讀偵探小說嗎？」

他留意到枕邊堆疊的偵探小說。

「嗯，本來想讀，燒到讀不下去。」

就算嘴巴裂了也不能向田邊坦承，在他來之前我正埋首閱讀偵探小說。我一邊在心裡告訴自己「我可是燒到三十八點七度喔！」，一邊語帶悲傷地說：

「雖想翻翻詰棋的書，但燒到三十八點七度也看不下去！」

「當然啦！」

「說到圍棋，我就想起來了。我向你說過我比尾崎一雄高兩段，讓兩子的事嗎？」

「咦？讓兩子嗎？」

「是啊！棋局是在環翠辦的，讓兩子的結果是三勝三敗平手。這結果也算是理所當然吧！」

「對方太可憐了。別欺負弱小吧。」

「嗯，我不想欺負弱小，但也不能老是禮讓對方。」

「和大岡昇平的棋局呢？」

「嗯，我也打算讓子。」

我們聊了一下圍棋的話題，田邊最後留下一句「請保重」便離開了。看來他已經放棄逼我交稿。

寫到這裡不過是平凡的日記，接下來才是重頭戲。

田邊離開之後，我隨意拈起體溫計，放入腋下夾緊。五分鐘後拿出來一看，不禁大叫出聲：「糟了！」溫度計裡的水銀竟然指著三十八點七度。

我驚慌失措了一番。但是約莫過了一小時，體溫又回到三十七點五度。實在太奇妙了。

我猜應該是和田邊聊天時，心裡惦記著「我可是燒到三十八點七度，我可是燒到三十八點七度」。身體感應到我的意念，或是決定要配合我，才會上升到三十八點七度。因此當我不再祈求之後，便回到原本的體溫。

這下子我就不必為了對田邊說謊而遭受良心斥責。這對我們來說都是好事。

這篇無趣的故事告訴我們，人要是真心認定了，總會有辦法的。

暫時謝絕邀稿

当分原稿御依頼謝絶

山本有三

貴雜誌向我邀稿，希望我寫些感想。但是我現在一點感想也沒有。硬要拜託我說點什麼的話，我希望大家暫時不要向我邀稿。所謂的稿子除了小說，還包括雜文。

難得大家好心請我寫稿，我膽敢謝絕似是不妥。說出這番話絕非我心懷傲慢。有人邀稿實在是至高無上的榮幸，可每每答應了才發現一時半刻寫不出來。我認為老實交代對大家、對我都好，所以才會寫出來。

我過去算是寫得不多，今後恐怕也寫不多；況且稿債已累積了不少——有些甚至是關東大地震前的邀約，直到現在都沒寫出來。要是再答應下去，便要背負更多償還不了的債務，平添更多苦頭。不僅如此，也對不起來邀稿的各位。所以我打算就此打住，從短篇逐一償還。所謂稿債其實也非真的堆積如山，只是像我這樣創作才能低落的人若不這麼做，根本還不起經年累月的稿債。患病也促使我下定這番決心。

可能有人會說，那個男人以不寫稿自豪。這實在是誤會。一來寫得出來便無需欠人情，二來交了稿子能收到相當的報酬，沒理由不寫。先不論家有恆產或是固定收入的作家，像我這樣的小人物，可沒資格說些悠哉的話。然而即便獲得各方邀稿，寫不出來也沒意義。

以前當老師，總期盼能早早擺脫一邊教書、一邊發表作品的生活，專心創作。等到願望實現又過了四，五年，才發現自己的創作能力比起教師時代絲毫沒長進。說來汗顏，但像我這點程度的人，創作能力自是相當低落。

除了缺乏天分，也和我的健康有關。我這十年來胃極度不適，看了許多腸胃科名醫，也試了脊骨神經醫學與艾灸等各種療法。有效的療法還特意持續了一段時間，卻不見好轉。前陣子請來久野博士看診，對方直截了當地說：「你的胃是治不好了。」看來似乎是真的。我天生胃不好，單憑藥物或外力治療無法根治，眼下最多只能抑制病情惡化。比起藥物和各類療法，最重要的是別逞強。俗話說胃是萬病之源，這陣子老是莫名感冒；去年秋天起則不時神經痛，真教人不知如何是好。總而言之，基於上述理由，我打算過上一陣子隨心所欲的生活。要是臨時有意寫作，會再聯絡各位。

《文章讀本》延後出版聲明……『文章読本』発売遅延に就いて

谷崎潤一郎

中央公論社預告即將出版之《文章讀本》由於我個人因素而延後出版，造成讀者、出版社與書店等多方不便，深感遺憾。

其實此書原稿已於八月上旬完成，交付中央公論社後，由中央公論社全心督促印刷廠，於八月中旬校正完畢，並立刻寄送校對完成的稿子給我。接下來我只需瀏覽過即可。然而校對過程中發現諸多不滿意之處，且聽聞來自全國的訂單數量之多，史無前例，益發感到責任重大，遂下定決心修改全文，俾利提出盡善盡美之作。由於另有要務在身，修訂工程因而耗費時日，超乎預期，為眾人平添困擾。

詳情誠如右述，懇請讀者暫予寬限。目前預定新稿於十月上旬交付中央公論社，最遲盼十月下旬呈上此書。

以上為作者代替中央公論社表達歉意。（昭和九〔一九三四〕年九月）

III

就算今天會死，
也還是寫不出來

二葉亭四迷

書信…………明治四十（一九〇七）年

書簡　明治四十年

一月十五日之前　收件人：福田英子

頭部不適，不能援筆。雖難以啟齒，盼交期延至次號。

一月二十五日　收件人：福田英子

頭部不適，屢屢違約，深感抱歉。今後亦盼交期延至次號。

隨興所至之日記……大正十二（一九二三）年／十三（一九二四）年

気まぐれ日記　大正十二年／十三年

武者小路實篤

❖大正十二年十月三日

我既忘了自己的年紀，又渾然不覺已年近四十，看待事情的方式卻逐漸沉穩下來，學會如何靜觀其變。然而，這番變化正代表我無法熱心投入大多數的事物。這陣子感冒遲遲好不了，鼻塞又腦袋昏沉，寫到一半的文章也無心提筆，略感憂心，希望能早點振作，著手重要的工作。眼下只寫得出這兩、三年來房子與安子[1]的事，絲毫無意書寫自己的故

1 譯注：作家的第一任與第二任妻子。

事，渴望消聲匿跡。雖想寫些不痛不癢、貨真價實的小說，腦子裡卻一無合適的材料，實在教人頭大。也看不出來靈感究竟何時會湧現。目前寫不出稿子並不會惶惶不安，只是賺不了錢而心生煩惱。希望思緒早日恢復清晰，好認真工作。寫得出作品，賺得了錢，自然會安心下來。

「要是能冒出能讓大家安心，博得大家欣喜的靈感就好了。」

創作的人是我
但是我卻無法自由自在。
促使思緒清晰的因素
帶領我得以創作。
早日恢復思緒清晰吧！

源源不絕的泉水
因為機器故障而枯竭。
我腦中的靈感之泉
也受到堵塞。
創作靈感無法如願湧現洋溢。
早日湧現靈感吧！
早日從我的腦海中湧現吧！

❖大正十二年十一月十日　陰

由於著作《人類萬歲》刊出來了，便稍微讀了一下。回家後戲院正在演出《野島老師之夢》，於是也看了一下。不愧是我的作品，格調相當高。《野島老師之夢》開頭雖稍顯累贅，文字從衝動發洩到逐漸平順正是我的風格。我的作品超越常人，果真是適合創作之人。老實說，我果然是天才。但是聽說只有懂的人才懂，不懂的人就是不懂。或許大多數人更適合閱讀武郎[2]的作品。

我內心充滿許多需要等待時機發表的創意，我想要賦予它們登場的好機會。

即便約好要交稿，勉為其難創作還是令人生厭。一個人默默創作的時刻最為歡喜。但是《人類萬歲》與《野島老師之夢》都是受人邀稿，絞盡腦汁後方才誕生的作品。一旦動筆，一切便迎刃而解。

2 有島武郎，和武者小路實篤同屬白樺派作家。

❖大正十三年一月十五日

情緒在忙碌的巔峰時
靜下心來無所事事
真教人心情愉快。
下起雨來
雨滴四處濺起可愛的聲音，
在這樣靜謐的日子裡
讀讀那本書
翻翻這本書
不去寫該寫的文章

無所事事
真教人心情愉快。
差不多該工作了？
再無所事事一會兒吧！

夜半所思……夜なかに思った事

森鷗外

《光風》[3]的開頭本來是岩村透要寫，不知為何寫不了，造成編輯部困擾。這時編輯竟吩咐我寫點東西。對方說要是看了今年的文部省展覽有些感想，就將感想寫成文章。但是我寫得來嗎？首先寫文章需要時間。讀者最好一起看看我的行程是如何安排。今天從早上到中午都在新橋站，恭送天皇前往陸軍特別大演習。結束後去公所上班。三點開完會後參加了英國大使館的園遊會，站在草地上吹冷風。接著回到新橋站，半路上吃了晚飯。這次是目送長官前往陸軍特別大演習。送行後回到家，鈴木春浦正在等我。他來是為了記錄《歌舞伎》用的稿子。《歌舞伎》是弟弟辦的雜誌，為了延續雜誌生命，做哥哥的我得幫忙做點什麼，於是每次都隨便選一齣西洋獨幕劇來口述翻譯。翻譯這回事近似製作繪畫的Copies[4]，但不能因為是Copies而任意行事。在窗明几淨的房間裡，靜下心來翻譯，自然會交出令人滿意的成果。如今卻任憑一張嘴吐出譯文來應付。我個人也不同意這般不負責任的做法。明知這麼做要不得，卻還是停不下來。鈴木記錄完畢便離開，這時看了看時鐘居然十二點了。接著提筆寫下來的就是這篇文章。眼下我筋疲力竭，腦袋一片空白，不知道該寫什麼好。究竟寫下感想是怎麼一回事呢？我指的不僅是文部省的展覽。人不管看了什麼，總會有些感想。可我能夠將所思所

3 譯注：日本第一個西畫團體「白馬會」創辦的雜誌。

4 譯注：依原文標示。

感老老實實寫下來嗎？大家都這麼做嗎？是的，這世上的確也有些人會誠實寫下所思所感；西方似乎就不少這種人。他們不在乎政府禁止，不在乎受到君王憎恨，不在乎世人攻擊，也不在乎朋友背棄而去。正因文章如此誠實，故有其價值。尼采如是，魏寧格[5]亦如是。波特萊爾曾在文章中提到法國大革命必須體現在藝術上、必須在藝術上培養愛國情操一說是莫名其妙的傢伙所說的夢話。他會寫下這句話，代表他作如是想吧！朗格[6]所發表的藝術論談及人身處於社會不能偷竊、不能與小偷來往，卻仍想嘗試偷竊是怎麼一回事，因此透過小說等藝術創作來描述偷竊，滿足偷竊的渴望。人處於社會中不能赤身裸體，卻意欲觀看他人的裸體，便從繪畫與雕刻等藝術創作來描繪裸體，滿足觀看的欲望。法律規定社會所不能容之事，文學與藝術則是嘗試社會所不能容之事。以法律這把規範社會的量尺來度量文學與藝術是大錯特錯。這即是所謂的Ergänzung Theorie，或許可譯為「彌補論」。他會如是寫，也是因為對藝術作如是想吧！但是這些事都發生在遙遠的西方。看在我眼裡，西方人作如是想，寫出這般文章，還是毫無顧忌地寫出這般文章。讀者看了這些文章恐怕會相當驚訝。倘若在日本，有人對人生、對藝術、對文部省展覽有所感，而且感想不同於一般社會大眾，真能像西方人一樣毫無顧忌地寫下來嗎？我對此深感不安。至少日本未曾出現過這樣的人。讀者也應當明白，有些事即便有所感也不能寫下來。既然如此，究竟哪些事才能寫呢？或許與世人懷著相同的感想就能寫。但這種文章誰都能寫；

5 譯注：Otto Weininger，奥地利哲學家奥托．魏寧格。

6 譯注：Konrad Lange，德國藝術史家康拉德．朗格。

而要是誰都能寫，更不需要我動筆了。這不限於人生，日常生活亦是；這不限於藝術，每件作品亦是；這不限於文部省展覽，倘若我對於第二屆文部省展覽每件作品的感想與世人不同，寫下感想並不會出大事。但也因為不會出大事而挑剔備至，反倒更難以下筆。我沒什麼了不得的鑑賞能力，感受與一般人相去不遠，雖不至於寫不出來，卻也沒必要做疊床架屋之事。例如我見過許多客套寒暄，大家互道：「你一點也沒變老。」「看你愈來愈有精神。」「少爺長好大了啊！」有些人在問候時會摻雜著批評，譬如「相貌算一般，所以皮膚黑也不礙事」。總之以「一白遮三醜」等話來收尾便能平安落幕。會提這些事並非刻意扯到世道人心，我一個人躲在角落裡不開口應不礙著誰吧！唉！時鐘響起一點的鐘聲了。之前的小偷要是今晚潛入我家等我睡著再行動，恐怕會感冒吧。糟糕，離題了。所以我才說目前腦袋一片空白，實在苦惱。比起寫下所思所感，我更喜歡閱讀他人的所思所感。所以我最愛閱讀評論。但是各位讀者別誤會。我不會透過閱讀評論家的文章來了解黑田清輝[7]的繪畫，也不會藉此了解中村不折[8]的畫作，而是想要了解評論家的腦子裡到底在想什麼。繪畫不過是促使評論家腦袋運作的契機之一。就算是被石頭絆到嚇一跳的感想也行，無需限於繪畫或雕刻。繪畫與雕刻是作者的自白。但是作品不過是某處沾染了作者 tempérament[9] 的氣味，評論家深入至此可又不一樣了。囉囉嗦嗦、拉拉雜雜發表一堆意見，連五臟六腑深處都讓

7 譯注：西畫家，建議日本政府舉辦文部省展覽。
8 譯注：西畫家，為夏目漱石的《我是貓》繪製插畫。
9 譯注：氣質，依原文標示。

人看得一清二楚。愈想隱藏，愈是顯眼。不需要像溫嶠燃燒犀牛角也看得清清楚楚。比起博克林[10]的《戲浪》（*Playing in the Waves*）要有趣多了。換句話說，我喜歡看別人，但不想讓人看。哲學便是很有意思的觀看對象。有些Systéme[11]是掛在雜技場裡讓人瞧，尼采則是像攤販一樣陳列讓人瞧。這些觀看對象讓人瞧的不是人生，而是尼采的腦子。從這個角度來看，我喜歡克林格[12]的雕像。閱讀尼采全集得花時間，雕刻則能一目了然。文覺[13]也大受好評，但我不覺得比尼采的腦子有趣。糟了，我又多嘴了。所以我才會說腦袋一片空白，實在苦惱。呃，我說到哪裡了？對了，藝術評論也是很好的觀看對象。糰子坂的菊花人偶[14]是靠攬客招呼吸引觀眾，穆特[15]以原創語詞來引起注意。藝術這回事不能嘗試觀賞，以觀察穆特腦袋的心態來看便很有趣。觀看對象的重點不是被看，而是看。默默觀看，在內心享受。唉！已經兩點了。寫得出所思所感是靠運氣，靠時勢。藝術也經歷過全裸無用的時代，那個時代已經在不知不覺中消失。近來新自然主義這類流派吵吵嚷嚷的，也是因為文學過去無法誠實書寫 érotique[16]，不知不覺中終於發展到稍微誠實了一點。原本已有固定涵義的 Naturalisme 譯為「自然主義」未免過於隨興，硬要翻的話應

10 譯注：Arnold Böcklin，瑞士畫家阿諾德・博克林。
11 譯注：系統，依原文標示。
12 譯注：Max Klinger，德國雕塑家馬克斯・克林格。
13 譯注：平安時代末期至鎌倉幕府前期的真言宗僧侶。
14 譯注：以菊花裝飾而成的人偶，明治時代流行以菊花人偶來呈現歌舞伎的場面。
15 譯注：Richard Muther，德國藝術評論家、歷史學家理查德・慕特。
16 譯注：情欲，依原文標示。

該是「直率主義」。工作這種事要是出現像《煒爊》[17]那樣不能引人注意的時代可是令人頭痛，儘管至今倒也不會出現過，今後想必也不會出現。日後這類評論應會漸漸轉化為寫出所思所感。糟了，這也是離題的預言。我得在三點之前躺下，否則明天一早睡過頭趕去上班，從馬上掉下來可就糟了。趕快來睡吧！

17 譯注：第二屆文部省展覽參展畫作。

北原白秋

大正十一（一九二二）年

書信

手紙　大正十一年

九月十九日　收件人：鈴木三重吉

謝謝您屢次來函問候。

為了交付藝術出版社的《歌詞與音樂》稿件，加上護士來家中照料生病的內人，親戚的孩子來家裡也生病了，因而忙於處理一眾瑣事。接著友人過世，前往參加喪禮，期間完成了八首詩與十張稿紙分量的小品文。這四、五天則是熬夜寫了關於詩壇的文章，約莫一百五十張稿紙，筋疲力竭。手邊的工作終於告一段落，實在萬分抱歉。今天稍事休息後，便會立刻著手挑選刊登於《紅鳥》的作品。我的份已經在昨天寄出。懇請稍待一、兩天，其餘會立刻寄出。其他人也屢屢打電報催促，實在苦惱。創辦雜誌是美事，卻為此突然忙碌起來。人要是獲得了機會，果然還是做得到。本來以為自己不適合寫評論，實際試了才發現應該寫得來。

原本要馬上回覆《女性》[18]的民謠，沒能當下回信實感歉疚。下個月雜誌的童謠號預計交付約一百張稿紙的評論文章，看來下個月的狀況稍顯緊張。不過，一旦提筆便是探囊取物。儘管還是得寫上四、五個晚上吧！十一月底或許能完成，但未免也太晚了。

再過四、五天，完成所有工作，我計畫去一趟小淵澤。雖無法臨時演講，至少能搜集到一些關於兒童研究的資料。您要同我前往嗎？

每天都熬夜到天亮，已經全身無力。今天一早到現在都沒吃，似乎過於勉強了。請代我向尊夫人問好。

十九日

白秋

三重吉兄

18 譯注：柏拉圖社刊行的雜誌。

明治四十二年日記……明治四十二年当用日記

石川啄木

❖三月三十日

今天依照約定，前往大學館。被迫等待兩個小時，耽誤了上班時間。最後對方居然將《鳥影》退還給我！

我乾脆死在對方面前吧！腦中冒出這種自暴自棄的想法時，電車軌道前恰巧升起人牆。仔細一看，一隻狗被輾死，血跡斑斑！狗頭滿是鮮血！嚇得我打消念頭，愈想心情愈鬱悶。

後來便請假回家休息了。

晚上收到吉井的信，希望我去幫忙校對，因為《昴》[19]的編輯進度落後。到了三秀社，才發現吉井已經回家了。完成了一些編務正準備返家，腦中又清楚浮現京子[20]、母親與妻子的事。啊啊！要三月底了啊。本來以為可以靠稿子賺錢，偏偏遭到大學館退稿，月底一毛錢也沒有！

19 譯注：詩人與森鷗外、吉井勇等人創辦的文藝雜誌。
20 譯注：詩人的長女。

❖三月三十一日

吉井上午來了。《昴》第四期要二號才能出刊，真是頭痛。他說想要生病。生病！我至今想過多少次了！我不由辱罵他：「你不用做了！」但是我和他又有什麼差別呢？

本來寫了假條，打算今天也請假。後來還是收緊肚腹，撕去了假條，出門工作。回家路上去了一趟三秀社，但今晚工廠休假。

去拜訪豐卷。回來之後在金田一的房間待到過了十二點。

低潮……スランプ

夢野久作

Profile出版社[21]：

貴社前一陣子延期的邀稿，我還是沒能寫出來，深感抱歉。這是因為我陷入了嚴重的低潮。

這麼說好像在自我宣傳，但我還是頭一次陷入低潮。

我在九州日報社身兼編輯與業務之際，深受加藤介春鍛練。他是報

21 譯注：發行偵探小說月刊的出版社。

界專業人士認可的名總編，也是自由詩社的元老，聲名遠播。多虧他「關照」我到神經斷掉的程度，養成我對工作來者不拒的態度。無論是令人深惡痛絕的祕密行銷報導、諂媚討好的報導，還是收爛攤子的報導，即便身處電話與皮鞋聲震天響的臨時屋二樓，我都能援筆立成。對於冒瀆、蹂躪文筆一事已經成了變態的興趣，甚至為此得意洋洋。

後來我遭到九州日報社開除，將想寫的題材藏在筆裡，躲進山裡。不知是否為山中特殊的孤獨氣氛與靜謐環境使然，當我欲將材料從筆桿中擠出來的時候，筆居然不聽我的話了。

以前就算四、五支電話的鈴聲此起彼落，我的筆依舊不為所動，下筆有如神助。如今卻連聽到蒼蠅拍打翅膀的聲音都會停下腳步。昔日筆動個不停的時候，我根本離不開桌子，別說是一天三餐，連廁所都去不了。原本為自己一小時能寫就五張稿紙引以為傲，眼下卻衰退到一天平均只能寫二到五張。我不知該如何是好。

儘管如此，筆還是願意為我動彈。筆桿始終是我的救命稻草，一路硬撐到今天。然而最近……正確來說是去年歲末，我的筆再也不動了。

筆究竟為何不再動彈，我毫無頭緒。

去年十二月初，我完成約莫一千張稿紙的長篇小說，並將這篇一半算是興趣的成果寄往某處。自此之後，腦袋便暫時陷入停擺。然而十二月上旬得交出的某篇連載，邀稿的雜誌編輯提出詳盡的要求，吩咐我重寫。由於雜誌已預告連載，我只得拚命修改退稿，卻仍難以符合要求。要是依照編輯要求，情節無法流暢行進。這或許是我個人的習慣，最後故事結構還是恢復原貌。接著慌張提筆寫起其餘尚未完成的稿件，誰知筆尖卻沉重得像持竹掃把攪泥巴，消散不去的惡臭撲鼻而來。

一般說來，文思枯竭時的頭號解決辦法是喝酒，或是和女人胡鬧。藉此鬆開打結僵硬的神經，文思再度泉湧，任何主題的稿子都能下筆如神——我很熟悉這種做法。

可惜的是，這方法只適合精力旺盛、充滿活力的作家，像我這樣差點幾度丟掉小命、外強中乾的人完全做不來。

所以從去年十二月起，我致力於嘗試各類解方。例如找來上中學的長子和常來家裡玩的農村子弟，拖著我和一夥人去近郊山野四處閒晃。過去工作倦怠時，我也常這麼做。當累到連抬起腳踏入家門都得使盡全力，陷入不會做夢的深層睡眠隔天，再睡場午覺，便能搖身一變，像年輕時一般身輕如燕，援筆成章——還以為能如此順利，於是再度坐在書桌前，可出乎意料，依舊一行文章也寫不出來。不僅如此，寫到一半的文章令人生厭，無趣到鼓不起勇氣修改。想到當初竟打算提筆發表這點程度的文章，我快受夠自己的文筆了。

於是又空手衝出家門，連地圖也沒帶便進山野閒晃。走到山野另一頭口音不同的村子，與路邊不認識的孩童玩耍。走進不知主神的神社，欣賞神社裡懸掛的繪馬，或是朝水池裡扔石頭。我打從心底認定自己是流浪漢，在陌生的山野待到驚覺天黑才返家。接下來神奇的現象發生了。

明明一行文章也寫不出來，俳句、川柳和短歌卻一揮而就。當然稱不上優秀的作品，短歌不過是大本教王仁三郎[22]的程度，俳句與川柳則是門外漢的陳腔濫調。儘管如此，信手拈來的速度還是令我大吃一驚。一小時可寫俳句與川柳二、三十句，短歌也有十四、五句，一下子就填滿了筆記本。儘管重新翻閱時發現沒有一句打動人心，便發起脾氣，隨手將本子丟進路邊的糞坑。如今想來還是絲毫不覺可惜。現在單單列出十七、八字，或是三一、二字[23]，一小時仍寫得出二、三十句。井原西鶴之所以能吟出兩萬句俳句，也是面臨了相同的處境吧！我如此推測是否稍顯冒犯了？

總而言之，去年年底伊始，無庸置疑，我的腦袋，不對，是我的筆非常不對勁。明明想寫的題材多如繁星，想動筆到手癢，卻一行文章也寫不出來。這一切自然是我的筆該負起這項責任。

為何會陷入低潮，我完全摸不著頭緒。明明想寫的故事堆積如山，卻一個字也寫不出來。心亂如麻到彷彿筆遭人奪走，流放到大海中的孤島，無聊又寂寞。我不想將低潮歸咎於年歲或江郎才盡，而認為是我的筆耍性子到極點方才符合目前的心境。

寫得出這麼多藉口，根本不算低潮吧……請不要說這番話潑人冷水。其實連我也覺得非常不可思議。雖寫不出小說，寫道歉信卻文思泉

22 譯注：日本新興宗教的教宗。

23 譯注：分別是俳句、川柳與短歌的字數。

湧，長篇大論。回頭審視這封道歉信亦算不上有趣的文章，卻充分表達了我目前的心情。

究竟是怎麼回事呢？陷入低潮的筆居然只有寫到低潮時才化為生花妙筆，未免也太諷刺。心理學家會如何解釋這番神奇的現象呢？

我的筆難道只能書寫真相嗎？難道它已厭倦鎮日編造言不由衷的故事了嗎？

倘若如此，可真是大事一樁。小說幾乎是虛構的故事，這代表我今後永遠無法創作，也就是寫不出小說來，形同斷絕創作生命。

啊啊，我究竟該怎麼辦才好？該怎麼做才能克服這般困境？

我再也回不到小說的世界了嗎？難不成最終只能仰賴繪畫、和歌或俳句來維持生計了嗎？

書信

大正八（一九一九）年／十（一九二一）年

手紙　大正八年／十年

芥川龍之介

大正八年十二月十八日　收件人：水守龜之助

尊鑒　昨夜突然發燒，至今依舊伏臥在床。醫師表示並非流感，應為感冒。故鼓不起勇氣提筆。昨夜嘗試執筆，書寫半張稿紙後即發燒至三十八度，遂停筆休息。答應交付《新潮》稿件如上述之因，無法按時交稿，懇請見諒。若頭部腰部喉嚨不覺疼痛，亦不感執筆之辛勞，悠閒自在。惜身體處處疼痛，極為不快。匆此

芥川龍之介

朧月[24]十八日

水守龜之助先生

24 譯注：「朧月」為雲霧所籠罩之朦朧月色，亦為俳句中代表季節之「季語」，意指一至三月。儘管書信時期與季語矛盾，推測因芥川龍之介喜愛吟詠俳句，故用上「朧月」一詞。

大正十年九月八日　收件人：薄田泣菫[25]

尊鑒　稿件經常拖延，實感愧疚。單單電報費用即增添公司[26]之負擔。然在下腸胃疾病遲遲未癒，進而罹患痔瘡。為此架書桌於被褥之上寫作。近來瘦弱的身軀更加消瘦，一如螳螂。懇請容我在上海遊記與蘇杭遊記之間暫停一週。停刊期間將持續寄稿，以累積一週的稿量。出版一事將交由公司刊行。由公司出版，感覺會賣得比較好。但是公司的版稅不會比書店低嗎？倘若公司出版的書籍價格低廉，賣了一千本的版稅也不會比較高。請了解儘管我臥病在床，內心依舊如此貪婪。虛吼老

25 譯注：浪漫派詩人，兩人通信時應為芥川龍之介的上司。
26 譯注：當時芥川龍之介任職於大阪每日新聞社。

師[27]是否安好？

烈日當空照，簸箕塵埃聚，飄飄直升天，揚揚未曾消。

這是俳賢俳仙等人不吝讚賞之句。　頓首

九月八日　　我鬼[28]

薄田先生

再啟　週日附錄未收錄《童話》（在下著），煩請寄還。有編輯表示願以百元收購該份稿件。

27　譯注：相島虛吼，明治、昭和時代初期的政治家與俳句家。

28　譯注：芥川龍之介投稿俳句雜誌《杜鵑》所用的筆名。

愛妻日記……昭和五（一九三〇）年

山本周五郎

愛妻日記　昭和五年

◇五月十五日

沒錢，寫不出來。試著動筆寫童話卻寫不下去。明天來寫。今天早上在公園丟球，卻搞得身體不舒服。中午喝了啤酒。我不會再喝了，真的不喝了。明天來工作。我是認真的。也計畫要寫廣播劇的稿子。到十八號約三十五張。我真的會寫，我說會寫就是會寫。今晚要睡了。絲毫不覺快慰。

寫了童話。帶著稿子去朝日社。赤井對我很親切。廣播劇也有了雛形，明天著手。心情平靜了下來。不再受酒精吸引。淨讀些輕鬆的文章。寫信給石井。

額田寫信來。我一定會將「藝術」變成賺錢的稿子。不能灰心失志。寫好廣播劇後，來寫交給《富士》[29]的通俗故事。還有一篇少女小說。今晚要睡覺。還是不覺快慰。向省兒借了錢，得趕緊還給他。星期天應該能還錢。別慌張，靜下心來。神啊！我會遵從您的旨意。

29 譯注：世界出版社出版的月刊。

書信

昭和七（一九三二）年

小林多喜二

書簡　昭和七年

八月二日　收件人：中村惠

寫作進度順利，應該來得及。

- 題為《為黨生活的人》。
- 希望能容我十號前交一百張，十二號早晨交剩下的五十張。

再麻煩你了。

這部作品不同於過去的《蟹工船》與《工廠細胞》等作品，為一冒險的嘗試。

取消之前提過的標題《失業者之家》。

八月十七日　收件人：中村惠

不想操之過急而草草了事，便擅自延後交稿時間。這是因為擔心出差錯，害您頭痛。目前正在執筆剩下的部分，近期會交稿。我一定會交稿，還請稍候。

八月下旬　收件人：中村惠

過了截稿日才交稿，實在過意不去。稿紙張數超過預定，還請見諒。另外，關於稿酬一事，懇請儘快（愈快愈好）付款[30]。給您添麻煩，深感抱歉。

30 譯注：小林多喜二非常孝順母親。為了抵抗政府鎮壓，向編輯寄出這三封信時已經轉為地下抗爭活動，卻仍持續寄稿費給母親。

義務……義務

太宰治

履行義務不是一件輕鬆的事，但是不做不行。為什麼人要活著？為什麼要寫文章？對於現在的我而言，除卻這些事皆為義務之外，說不出其他答案。似乎不是為錢而寫，也不是為快樂而活。前天，我獨自走在原野間的道路上，腦中靈光一閃：「所謂的愛，其實就是履行義務吧！」

坦白說，我正在寫五張稿紙分量的隨筆，寫得非常痛苦。從十天前便著手構思要寫什麼。為什麼我不拒絕呢？因為是對方拜託我。信上要求二月二十九日之前寫五、六張稿紙。我不是那本雜誌[31]的成員，以後也沒意願請對方讓我加入。雜誌成員多半是我不認識的人。所以我沒有非寫不可的理由。但是我回信時卻答應下來。這不是因為我貪圖稿費，也不是想賣人情給前輩成員，而是因為當時我處於寫得出來的狀態。而我規定自己寫得出來的時候，要是獲得邀稿務必要提筆寫字。這和能夠給予時，若有人請求便應給予的戒律相同。似乎是我文章中的vocabulary[32]總是過於誇張，往往惹來反感。看來我身體流的是正統「北方農民」的血液，注定「天生大聲」。大家對這點無需抱持警戒。寫到這裡，我已經不知道自己在說什麼了。這樣不行，得趕緊打起精神。

書寫是義務。之前也提過我處於寫得出來的狀態。這絕對算不上志向遠大的豪語。換句話說，我得了感冒，鼻塞流鼻涕，輕微發燒，卻不到臥床不起的地步，也沒罹患寫不出稿子的疾病。所以是處於寫得出來的狀態。況且，我在二月二十五日之前完成了這個月要交的工作。二十五日到二十九日，沒有任何事先談好的工作。這四天無論如何都寫得出五張左右的稿子。畢竟我處於寫得出來的狀態，所以我必須寫。現在的我是為了義務而活，這條命是受到義務所支持。以我身為人的本能而言，死了也不要緊。無論是生是死還是生病，都沒有太大的差別。但是因為身負義務，所以我不能死。義務命令我付出心血，命令我不能休息，要更加努力。因此我搖搖晃晃，起身奮鬥。我不能輸。我就是這麼單純的人。

沒有比在純文學雜誌上發表短文更痛苦的事了。由於我是個愛裝腔作勢的男人（到了五十歲，這份裝腔作勢的態度應該也已收斂到不明顯

31 譯注：即《文學者》，由紀伊國屋書店創辦人田邊茂一發行的雜誌。
32 譯注：依原文標示。

的程度了吧！唯一的期待是進化到寫作時心無雜念），就連區區五、六張稿紙的隨筆，也忍不住努力塞進一切思緒。所以我似乎做不來，每次都失敗。偏偏友人與前輩讀的往往是這些失敗的短文，總會收到一些建議。

反正我還沒調整好心態，還沒資格能寫好隨筆。我就是寫不來。自從我答應編輯會寫出五張稿紙的隨筆，十天來忙著取捨題材。不對，不是取捨，是只有捨。這也不行，那也不好，淨是捨個不停，最後手邊什麼題材也不剩。座談會時也提過在純文學雜誌發表「昨日種牽牛花有感」這類文章，由檢字工找出一個一個鉛字，編輯校對文章（校對別人無聊的自言自語是件相當辛苦的活），雜誌送到書店，接著一整個月，從早到晚都在雜誌一隅反覆訴說：「我種了牽牛花，我種了牽牛花。」這實在令人難以忍受。報紙只說上一天，小說至少能說完所有想說的事。即便要在書店叫嚷一個月，至少做好了不退卻畏縮的心理準備。但是要我接連一個月在書店呢喃「種牽牛花有感」，真是鼓不起勇氣。

這樣就湊滿五張了。上個月寫的《越級申訴》屬於戲曲。朗讀內容便能感受到是齣戲曲。有空的讀者請邊讀邊唸出聲來。我當初寫作時便是作此打算。

IV

這一切都是幻覺

我之前搬家了。……………引っ越しだったんです。

川上弘美

◇十月某日　雨

搬家日。

今天一早便下起綿綿細雨。我打算做點什麼的日子，挺容易遇上雨天。

中午決定去離公寓幾棟房子距離的拉麵店「丸幸」吃午餐。今天是我最後一次去丸幸吃豬肝炒韭菜套餐了吧！正當我感傷地走到店門口，才發現門上掛了「本日臨時公休」的牌子。

我失望地走去便利商店買飯糰，在空蕩蕩的屋子裡嚼著乾巴巴的飯糰。

◇十月某日　晴

在新家附近散步。

商店街裡有小小的傘店、蔬果行和專賣雞肉料理的餐廳，還有一間名為「春乃湯」的澡堂。我一邊走一邊心想這一帶似乎不錯，心情卻怎麼也開朗不起來。這都是因為我忘不了沒能在丸幸吃上那頓飯。

打算隨便找一家餐廳吃午飯，卻還是沒走進去。最後去便利商店買了飯糰，在一堆瓦楞紙箱包圍下嚼著乾巴巴的飯糰。

◇十月某日　陰

接到一通電話問我：「差不多要截稿了，稿子寫得還順利嗎？」我聽了大吃一驚。之前忙於搬家，一時忘了世上還有截稿日這回事。因為我這個人一次只能專心做一件事。

當我說出「我之前搬家了」的時候，話筒另一端沉默了半晌。我又說了一次「搬家……」兩字，對方這下清了清嗓子，終於回了一句：「搬家很辛苦呢！」聽聞此言，我便精神奕奕地接著說：「對啊！搬家真的很辛苦！」但是對方又清了清嗓子。

為了表示我因為搬家揚起的灰塵而變得虛弱不振，我在電話這一頭頻繁地擤鼻子與打噴嚏，可是對方全然不為所動。

◇十月某日　晴

寫稿子。一開始寫稿子，我就忘記自己搬了家。因為我這個人一次只能專心做一件事。

好不容易寫完，將稿子傳真給對方。心想累了就去丸幸吃份豬肝炒韭菜套餐吧。才走出玄關，驀然想起已經搬家了。

但是一想起丸幸便嘴饞得不得了，整個人坐立難安。左思右想，最後還是搭上電車去丸幸。

走進店裡，女店員對我說：「謝謝你再度光臨。」

我默默心想：別對我說這句話啦！這樣我不就又要感傷起來了嗎？

但豬肝炒韭菜套餐一上桌，我又忘了感傷。因為我這個人一次只能專心做一件事。

萩原朔太郎

書信／明信片……昭和八（一九三三）年／十一（一九三六）年

手紙／はがき　昭和八年／十一年

五月二十七日　收件人：江戶川亂步〔書信〕

久疏問候，近來可好？倘若您有任何新奇的發現，懇請賜教。

另外寄送之信件為敝人刊行之個人雜誌《生理》。如封面所示，在下想豐富雜誌內容。然而在下最近並未提筆寫作，且投稿成員不同，以致封面與內容不符，教人頭痛。因此懇請惠賜文稿，為雜誌增光。這原是出於個人興趣所刊行的雜誌，無法提供稿費以感謝您執筆之辛勞。儘管難以啟齒，若您有些特殊的小說不願以一般形式發表，在下會特意準備合適之編排，充分增添藝術氣息。期盼慷慨賜稿。在下近日新居落成，生活較為安定，靜候您光顧寒舍。

六月三日　收件人：江戶川亂步（明信片）

拜讀回信，蒙您厚愛，靜候賜稿佳音。雜誌內容略微嚴肅，盼您惠賜輕鬆的隨筆或感想等文章。不限交稿時間與張數，任您自由發揮。有意提筆時不妨視為散步途中順道抒發。冒昧求稿，懇請見諒。

※由明信片內容看來是江戶川亂步接受《生理》邀稿，但他其實從未投稿該雜誌。

四月二十二日　收件人：津村信夫〔書信〕

前天在下先行告退，翌日亦返回東京。

今日寄出兩篇《四季》稿件（本次稿件與六號稿件），懇請查收。

關於《四季》編纂一事，關鍵在於嚴格遵守期限（沒有標明截稿日的催稿信，恐怕並無意義）。

尤其是出刊日，每個月必得遵守規定時間。

倘若如同之前忽而下個月十號，忽而當月中旬，沒有固定出刊時日，便失去月刊的意義。這不是出於個人興趣的遊樂，而是真心誠意出版。因此我制定：

截稿日　每月二十五日

出刊日　每月出刊，該月號為前一個月十五號出刊
並確實遵守上述日期。

此外，我對於封面有些意見，還想同您討論，最近來就《四季》開個會，不知您意下如何？

萩原朔太郎

津村信夫先生

堀辰雄

書信／明信片……昭和四（一九二九）年／六（一九三一）年／十五（一九四〇）年／十六（一九四一）年

手紙／はがき　昭和四年／六年／十五年／十六年

昭和四年　八月十五日　收件人：神西清（書信）

近來可好？病好了嗎？我忙到焦頭爛額，今天終於完成編輯工作。收到的稿件數量出乎意料，兩欄編排的稿件大多得安排到下一期。你的稿子也得延至下一期刊登，還請見諒。

比起這次的稿件，我更希望你早日動筆寫小說。怎麼看我都覺得你發表小說比較好。大家也贊成我的意見。下一期要不要加勁寫篇小說呢？截稿日是下個月五號。

四位今年大學畢業的年輕人拿了普魯斯特（Marcel Proust）的〈去斯萬家那邊〉譯稿來，翻得很不錯。大家同意在雜誌上刊出。我想和你商量的是，翻譯容易影響創作，所以我覺得你最好不要涉足翻譯（尤其是普魯斯特這類作家）。我代你表達意見了。寫小說吧！

但是我想藉由《文學》[1]正式介紹普魯斯特，希望你能給我一些意見。寫完小說之後（總之你先寫一篇小說來），再深入介紹關於普魯斯特的優秀評論。

我深深覺得自己不擅長編輯這種雜誌，無法久任。

1 譯注：堀辰雄與文壇同好共同編纂的文藝雜誌。

堀 辰雄

神西兄

十二月二日　收件人：神西清（書信）

謝謝來信。

好久沒見到你了。

我近來身體欠佳，凡事悲觀。慶祝你上榜。要是賺得到一百塊，就趕緊找個好老婆。

但你在說什麼羨慕的話呢！你最適合的是感傷，可別生氣。

最近我們有些疏遠，新年時要不要去哪裡旅行個兩、三天？也找吉村鐵公一起來，讓你們兩人好好請客一番。

可惜新年號還是沒收到你的稿子。

大家都不肯投稿，請想像我是多麼煩躁吧！

你要是連二月號都不投稿，就要將你從撰稿名單中刪除嘍！截稿日是下個月五號。但是下個月想找你去旅行，我看你就這個月寫一寫吧！

昭和六年　十一月九日　收件人：神西清〔書信〕

謝謝來信。蜂蜜很可口，我每天早上都會吃。今天春陽堂一位叫難波的人來找我，想拜託你為《文科》[2]寫文章。下週日或許會去拜訪你。你好像一陣子沒寫稿了，趁這回振作起來寫四、五十張吧！聽說會有薄酬。對方表示希望刊登在三月號（好像不會出二月號）。截稿日是一月二十日。對方也將我算進那本雜誌的成員之一，所以也是我拜託你寫稿。聽說你最近沉迷於打麻將，年輕人要是有精力打麻將，不如致力於工作吧！我也終於恢復精神，明年要扎扎實實投入工作了。

2 譯注：春陽堂發行的雜誌，主導人物為牧野信一與難波卓爾。

十一月九日　辰雄

神西　清　先生

下次見面時想和你好好聊聊。

昭和十五年　六月八日　收件人：堀多惠（明信片）

收到電報嚇一跳吧！能馬上找到森鷗外的《山椒太夫與高瀨舟》（岩波文庫）嗎？我正要工作。希望明天早上能寄來這裡。得將女人的一生濃縮成二十張稿紙的短篇小說，不是件簡單的事。無論如何都得耗上十天功夫。

希望能趕上截稿日。

昭和十六年　十月二十二日　收件人：堀多惠〔明信片〕

二十二日傍晚，一整天都在構思小說內容。怎麼樣都難以下筆，實在為難。明明距離交期只剩約十天，一想到還停在這種地方猶豫不決，真是難為情。絕對要在今晚或是明天決定大綱。接下來去散個步，吃點東西好轉換心情。旅館的西式餐點總是難以消化。

昭和十六年　十月二十四日　收件人：堀多惠〔書信〕

昨晚一心一意構思小說情節，卻找不出絲毫頭緒。當天平時代[3]的雄偉建築與雕刻伸手可及時，不禁覺得正醞釀著下筆的文章寒磣備至。

我打算放棄在這裡寫作的念頭，下個月趕回東京卯起勁來寫小說，你覺得如何呢？據說《改造》之後要將出刊日改為二十五號，所以截稿日變成下個月中旬。請你趕快問湯川能等到幾號，盡快通知我。基本上計畫這麼做，所以目前靠手邊的錢就夠了。要是錢不夠，去找甲鳥書林[4]拿錢。既然改變主意，只待到這個月結束，還想慢慢參訪幾個景點，

3 譯注：七二九至七四九年。

4 譯注：出版社。

徹底轉換心情，重新構思。接下來我一天只會去一個景點，不想再像之前那樣勞累奔波。如此一來回到飯店，即使吃下大量餐點反而對身體更健康。這陣子也不覺得爬坡辛苦了。要是連小說都能下筆有如神助就更好。可惜世事往往難以如願。既然差不多要回去了，先將不需要的書和髒衣服寄回家。今天去了法隆寺，仔細觀察工作人員臨摹壁畫的模樣。這裡有間叫大黑屋的旅館，歷史悠久，很像追分的油屋旅館。我在這裡花了半天時間，構思小說。

辰雄

愛猴記

子母澤寬

某天工作，我像平常一樣，一得空便捏猴子的鼻子來玩。猴子今天似乎格外睏倦，睡到不省人事。猴子的鼻子沒有骨頭，摸起來軟軟的。以指尖稍微捏起來，實在是可愛得無與倫比。鼻子之可愛，舌頭之可愛，別說是狗了，連貓都遠遠不及。

我盤腿而坐，猴子睡在我兩腿之間。窗外天空蔚藍，我身心舒暢地寫出了三十張稿紙，放在桌子上，鬆了一口氣，打算去上廁所。猴子睡得極熟，若喚牠起來也太可憐，於是我挪出身子，將猴子移到蓋在大腿上的小棉被裡，下樓上廁所。

從下樓、上廁所再走上樓，應該不到十五分鐘。加上我上到一半想起該補充點什麼，急性子的我還稍微加快了速度。

然而當我打開門的瞬間，嚇得身體不禁往後仰。方才睡到像是吃了安眠藥的猴子，此刻居然就在桌上，將我才寫好的稿子咬個稀巴爛。紙屑丟得到處都是，桌上還滿是牠的屎尿，亂七八糟。只見當事猴一副得意洋洋，以為自己做了值得嘉許之事，見了我還做出咀嚼的動作，想從我身上獲得獎勵。

「你這傢伙！」

聽到我怒吼，牠不知是終於發現剛剛的胡鬧是做錯事，還是因為我喊叫的聲音太可怕，哀號一聲後隨即想竄逃。但因房間門窗緊閉，牠哪裡也去不了。

放棄逃跑之後，牠這下子躲到角落書櫃前，縮得小小的，兩隻手交疊在肚皮上，像是放棄無謂的抵抗。

比起責罵猴子，這篇稿子即將截稿。再過一小時，編輯就要來家裡拿稿了。我無計可施，只能做好心理準備會開天窗。

「你這傢伙為什麼……」

可怕的「為什麼」冒出來了。正當我要發脾氣時，猴子兩手交疊在榻榻米上，頻頻做出「道歉」的動作。我原本想要好好教訓牠一番，看到這幅模樣就狠不下心。這之於我是重要的稿子，之於猴子不過是一張張紙。看到眼前整整齊齊疊了三十張紙，或許會心生玩上一把的遊興。

「真是拿你沒辦法。」

總之，等雜誌社的人來了就得捧出這份破爛的稿子說明來龍去脈並連聲道歉。我坐到桌前著手收拾稿子：有些沾到尿液變得濕漉漉的，有些還沾到屎，當然也有爛到不成樣子的。猴子又跳到我膝頭上，轉過來看著我的臉，噘起嘴想對我說話。

到頭來還是休刊了一次。但是從此以後我再也不會因為猴子睡著了便放下戒心。有一次又遇上同樣的情況，我假裝要去上廁所，開了門走出房間後立刻從鑰匙孔窺看房間，發現猴子正興趣盎然地抬起頭來，轉眼間便跳上桌子。

我趕緊開門，猴子因而嚇了一跳，將稿子往桌上一丟，擺出一副「我什麼也沒做喔！」的表情，還伸手搔了搔往前伸出的下巴。猴子抓身體的模樣也很可愛。抓肚皮時則是以指尖由下往上撥弄，然後急速重複這些小動作。我每每看了都忍俊不住。首先，猴子沒辦法以指尖抓癢，只能用指腹，這一點相當有意思。

書信……昭和九（一九三四）年

書簡　昭和九年

川端康成

六月十二日　收件人：川端秀子

給我寄來《新潮》和《文藝》的七月號。

為什麼不寄信向我報告呢？你這個混帳！就算手爛了也能找人代筆吧！

你這種不負責任、不好好整理，總是拖拖拉拉的個性，根本沒人幫得上忙。

我氣到昨天和今天都想回家痛罵你一頓。

又不是要你寫什麼優美的文章或是情書。很多事情你都應該向我報告一聲才是。

像是借到了租屋的押金沒有、堀口家的狗怎麼了等等。這些事害我遲遲無法動筆。

你給我差不多一點，養成盡速處理事情的習慣。凡事多想一點。《改造》的事害我疲憊不堪，又沒辦法排解情緒，臉都變得像老太婆一樣了。

要是你發通電報告訴我，你收到稿子，趕上截稿日，已將稿子交給《改造》，我該多安心，因為工作疲倦的身軀或許隔天便能熟睡。這種事只要三十錢就能解決。

你好歹要做到這種程度。

我擔心到連站務員是否真的將稿子放上火車都害怕起來。

你明明知道我就算在家，也會緊張到除非將稿子交到記者手上才能安心入睡。

你究竟在想什麼？究竟在幹什麼？連封明信片都不會寫嗎？我對你真是失望透頂。

康成

十二日

秀子女士

研究室裡的幻想

木下杢太郎

敬賀新年。

*

忘記是去年十二月的哪一天動筆寫這份稿子，只寫了一半便忘得一乾二淨。直到收到笹森寄來的催稿信才想起來。接下稿子就像欠了錢一樣。今晚雖無心寫作，卻得提筆續寫。因此從新年問候開始吧。

但是今晚執筆之前，我又做了一、兩件事。後藤末雄[5]近日送來了隨筆集《生活與心境》，暗忖著該寫封謝函。可要寫謝函總要讀過書才能寫。本來打算稍微讀一點就好，可既有〈紅門懷舊〉、又有〈一高舊事〉。這些往事和我的時代相去不遠，一不小心便一路看下去，就這樣翻閱了半本。

接下來還有一本書沒看，那就是山崎佐博士送給我的考證論文別冊《我國最早的驗傷報告書》[6]。這篇論文也很有趣，翻開了便停不下來，於是愈發厭倦起完成這篇稿子。另一個原因是距離前次提筆已經過了很久，大體失去了興致。

那麼我就來談談不是正事的事直到想寫稿吧！

初三時患了感冒，初四和初五幾乎躲在被窩裡發呆。好險在做不來其他事情的這段期間，稍微讀了一點書。去年夏天，二十年前的舊作《大同石佛寺》再版，素昧平生的石井孝一還因此借了我三本佛教美術與中亞的相關書籍。當時看完插畫便無暇閱讀而擱置下來，這次趁著生病拿出一本翻讀。內容描述在法國汽車商王者雪鐵龍的支援下，一群人組成車隊橫渡印度與中亞。故事始於一九三一年，車隊分為中國組與帕米爾組。後者的隊長是喬治馬里・哈特（Georges-Marie Haardt），四月四日從貝魯特出發，途經巴格達、德黑蘭、喀布爾，隨後抵達印度。從喀什米爾[7]前往班迪普爾，於七月中旬跨越雪山。征服雪山的故事教人大呼過癮。拉吉戴安根隘口（Raj Diangan Pass）海拔一一七七七英尺卻草木萋萋，當地居民飼養水牛、馬與其他牛類。接著經過班迪普爾與布爾齊勒，涉

5　譯注：法國文學家。
6　譯注：八幡別當兼盛傷事件，應為紀兼盛掌管清水八幡宮之際與紀光資打鬥的事件。
7　譯注：玄奘法師經過的迦濕彌羅國。

阿斯托河而過，通過達斯金（Dashkin）與多伊安（Doian），沿印度河北上。八月二日黎明走在月光下的溪谷，正上方是海拔二五五五〇英尺的拉卡波希峰，後方是海拔二六六二〇英尺的南迦帕爾巴特峰（Nanga Parbat）。太陽從兩座高山後方升起時，高山在陽光的映照下燦爛如火。

車隊之後經由吉爾吉特與納加爾進入中亞，九月時抵達中國境內的小車站塔什庫爾干。原本只打算停留兩、三個小時，卻遭到中國官員設宴阻撓，遲遲無法獲得通行許可。車隊中一名叫威廉斯的男子以不喝酒為由屢屢拒絕勸酒，最終不抵東道主多次乾杯吆喝，還是飲下高粱。好不容易見底，又被添滿了酒。喬登則是一小時喝了二十五杯，喝到頭都抬不起來。莫里賽喝到面紅耳赤。畫工亞科夫列夫則是從頭到腳都在顫抖。裴庫爾眼神變得迷濛。哈金整個人都興奮了起來。對方這時端出盛著飯的碗與熱毛巾。要是吃下這碗飯，或許能解除烈火般的飢渴。然而這碗飯不過是禮貌，並非真心要招待客人。吃下去代表尚未酒足飯飽，一行人只得忍耐。

之後東道主招呼車隊成員到另一個房間，端出扁桃與瓜子，西菲爾拿出旅途上購買的留聲機，播放音樂供眾人欣賞。主人也搬出購自俄國的古老機器，放上唱片。一聽到音樂，大夥全嚇得站起身，主人見狀也大驚失色。原來播放的音樂是〈馬賽進行曲〉。

對方聽罷理由，放聲大笑。

儘管諸多雜事耽誤了行程，最後還是拿到出發許可，得以前往喀什市（玄奘法師的佉沙國）。

這等瑣事要是認真抄寫起來可沒完沒了，以下簡單說明兩、三件關於喀什市的紀錄。

喀什市據說是俗世的天堂。一便士能買上好幾顆瓜，一隻雞只要三便士，一瓶牛奶也僅需半便士。英國領事只靠一磅即可過上個把月舒服的日子。

從英國領事館向外望去，充分耕耘的田地無邊無際，映入眼簾的是葡萄園、華東椴、東方懸鈴木、槐樹和柳樹林。北方可見天山，坐落於南邊的是喀喇崑崙山脈。這一帶充滿發展的潛力，英國、俄羅斯與中國的利害關係在此匯流。

如同通曉內情者所知，從天津出發的中國組在烏魯木齊受到中國官員阻撓，無法依計畫行事。兩組人到了十月十日才終於在阿克蘇會合。

無法一一詳述，關於雪鐵龍車隊的事我想就此停筆。然而構思接下來的話題而寫到這裡，不禁覺得談論我的幻想是如此愚蠢之事。今晚稿子還是沒寫完。

順帶一提，遊記的作者是車隊成員喬治・勒・費夫（Georges Le Fèvre），我閱讀的版本是厄內斯特・登祿普・史雲頓（E.D. Swinton）的英譯作《東方奧德賽》（*An Eastern Odyssey*）。

＊

昨晚還沒進入主題便已棄筆，翻著書中剩下的頁數。比起我的幻想，雪鐵龍車隊的探險之旅要有趣得多了。要是實驗證明了我的幻想是真理，其價值將遠遠超過探險之旅。然而那不過是存在於腦海中的幻想，本質上和缺乏才識之人所寫的小說沒什麼兩樣。

今晚一定得寫完一篇文章，所以我讀起了內藤湖南博士的遺作《中國繪畫史》來刺激寫作欲望。讀沒多久，便有人登門拜訪。

來人名聲響亮，要是公開其名，想必大家都認識。我顧及訪客隱私，姑且不提姓名。說到來訪目的，主要是為了同行的公子。公子從高等學校畢業，其父希望兒子念應用化學，公子本人則想念醫學。兩人遂來徵詢我的意見。

訪客表示我是醫學學者，屋宅大門想必很氣派，不料找了老半天都找不到。這麼樸素的大門怎麼看得出來是醫學學者，神情相當不滿。這段話和接下來的發展有些關聯，所以我改寫得委婉些再行引用。我家大門不夠雄偉一事似乎給那父親留下了不好的印象，代表即便兒子當上醫生也會憂心他的未來。

過去也曾有一、兩位年輕人來找我討論前途，然而煩惱該念醫學還是應用化學好，算是較為稀罕的案例。之前來的學生則是在建築和美術間游移，我的建議是建築。建議對方念建築並非一般俗世之見，而是基於個人考量所下的判斷，學生也接受了我的說法。但是他最後念了美術。我認為要在醫學和應用化學之間擇一，父子兩人丟骰子決定也行。要是續詳述理由，今晚又要泡湯了，所以這個話題就此擱筆。面對親子間的分歧情況，我多半同情年輕人，當然是建議對方念醫學。對於這種父親，有時如偏重醫學的亞歷克西．卡雷爾（Alexis Carrel）的著作《人，未解之謎》（*Man the unknown*）等書是最佳的教育講義，我會推薦對方務必一讀。

客人過了九點才回家。今晚非得進入主題不可。我就像賣藥郎中一樣嚷嚷著連串開場白，又因難為情接不下去。

＊

雖然我搞不清楚究竟該寫些什麼才好，不過下述話題以如同生物的某樣物質須消耗其他生物的能量來培育繁殖，並且以結晶狀態取出為事實作為前提。

科學對於這種一開始不明所以的物質會先提出各領域的質疑，立定各種假說。這種物質因無法自行繁衍，不該和已經了解的酵素視為相同物種。所以美國生化學家溫德爾・史丹利（Wendell Stanley）的假說最恰如其分。他認為病毒分子進入宿主細胞，在合適之處發揮效用，改變宿主細胞的代謝狀態。因此代謝後本應產生正常的蛋白質，卻因代謝狀態出問題而形成異常的蛋白質，也就是病毒蛋白。這不同於單細胞生物繁殖，以結果來看卻成了病毒自身的繁殖。換句話說，病毒這類物質繁殖的方式和生物幾乎一模一樣。先不論史丹利的假說是否正確，總之世上存在半生物半非生物的物質。這是一種heuristisch[8]。日本人福士直吉在昭和四（一九二九）年也發表了類似的見解，但定義稍顯模糊。

我逐漸陷入幻想，最單純的病毒應該是菸草與番茄的嵌紋病病原體，所以才會最早發現其真面目。

病毒也有階元。噬菌體病毒或許更複雜。我不會細讀噬菌體相關論文，無法更進一步探討，不過德雷勒（Félix d'Hérelle）等人認為那是細菌

8 德語，意為透過啟發來尋求解決方案的過程。

的病原體。換句話說，比嵌紋病病原體更接近生物。這究竟是出現於該細菌的內部，還是外部的物質恰巧遇到適合繁殖的細菌，目前祕團尚未解開。假設是來自外部的物質，實在難以將志賀氏桿菌與其病毒的相遇視為偶然。這種病毒熟悉細胞內部一切細節，就像辭職的傭人蒙面潛入前東家偷竊般。代表在遙遠的過去，志賀氏桿菌是單細胞生物的時代，病毒想必是其同類（細菌與其寄生的動植物細胞之間也是類似的關係）。噬菌體病毒拿著備用鑰匙打開宿主細菌的大門，慫恿裡面的前伴侶成為自己的夥伴，將細菌內部化為自己的同伴。如將史丹利的假說套用在噬菌體上便是這麼回事。

其他例子還有雞隻身上的勞氏肉瘤病毒。過去咸認當宿主本身就有肉瘤細胞時，才會出現肉瘤。現在已經沒多少人堅持這種見解了。前幾年，緒方知三郎教授證明了比起使用生理食鹽水，蒸餾水更能濾取其病原體；加入稀釋酸還能使其沉澱。比起細胞起源說，這些假說更接近病毒說。要是能萃取出更純粹的病毒，便能拓展腫瘤學與白血病學等新領域吧！

棘手的是癌症。塗了焦油會長出來，受到X光線與鐳刺激也會長出來。最近發現在Scharlachrot、蘇丹三號、鄰－胺基偶氮甲苯、二甲氨基苄基與苯并〔a〕芘等物質刺激下也會形成癌細胞。這代表菲爾紹（Rudolf Virchow）刺激說獲得證實，可不同類型的刺激都會導致癌症，究竟是怎麼一回事呢？

這些刺激應該來自外在因素，具有受體的動物器官細胞的某個部分在接受刺激後產生內在因素。外在因素的種類形形色色，而內在因素皆有共通點（以下是我的幻想，因此所有推測語氣皆轉為肯定）。內在因素與菸草的嵌紋病、噬菌體、勞氏肉瘤的滲出液性質相同。這些物質應該可以稱為病毒。一旦產生此類物質，便會逐漸侵襲細胞（核），導致細胞的代謝機能出現病變，將核蛋白轉化為同胞。我打算將這些物質命名為「叛徒」。瓦爾堡（Otto Warburg）等人已經證明了癌細胞的代謝變化。

遺憾的是，目前還沒辦法從癌細胞組織萃取出病原物質。沙巴德（Schabad）與沙瓦布（Schawabb）等人號稱從胃癌患者的肝臟所抽取出的液體中發現癌症物質。然而其後並未出現支持此論點的追隨者。

目前已安排今後在實驗兔的內臟加入會致癌的化學物質，在試管中做出癌症物質。

＊

推測病毒或是類似的物質也有各種階元。其分子有大有小，排列組合或複雜或簡單。有時不僅是一個分子，而是兩個或數個分子結合，形成複合性群落。當這些因子分開時，便會失去致病性。

假設不同分子會組成複合性群落，便需要特殊的結構固定。可能是由類似囊的薄膜所包覆。這種群落的性質相當不穩定，不耐熱與酒精等外界物質。同時需要特殊環境以維持一定時限的壽命。如此一來，形成的是由原生質所包圍的核。

病毒發展成單細胞。

其中還有兔子的乳頭腫立克次體與梨形蟲等形形色色的階段。

＊

浮士德的助手華格納在黑暗的實驗室裡專心盯著燒瓶，燒瓶中心迸出耀眼的光芒，一道白光如閃電劃過眼前。他不禁大喊：「完成了！」此時討人厭的梅菲斯特開門走了進來。

「門格格作響真教人頭大。」

「我來這裡是想幫上你的忙。」

燒瓶逐漸亮了起來。華格納組合形成人類的要素，裝入燒瓶後密封蒸餾，以人工方式將大自然產生的有機物質做成結晶。

他對梅菲斯特說：「偉大的意圖最初在外人眼中往往顯得瘋瘋癲癲，但是今後我們可要嘲笑生殖的偶然性。」

兩人對話時，燒瓶愈來愈亮。溫柔的力量促使玻璃震動，不住作響。仔細一看，幼小的荷蒙庫路斯（Homunculus）動了起來，對著華格納叫「爸爸！」（我以前在仙台進行過小雞的人工孵化，啄破蛋殼的小雞跑來啄我的手，多半也是在叫我爸爸吧）。

歌德筆下的華格納是在燒瓶裡突然鍊成小人，要是他知道菸草嵌紋病的病毒，實驗室裡的情況應該會有所不同，至少會讓瓶中小人花上十行到二十行的篇幅說明自己的來歷吧！

以往是植物與動物的界線模糊，如今連生物與非生物的界線也愈發模糊起來。

至少生物學之後會變得愈來愈有趣。病理學單純分成細胞病理學與體液病理學已經不足以應付，想必會出現以生物細胞為單位的病理學吧！

＊

我的幻想就到此告一段落。寫到這裡才發現內容和標題完全矛盾，但重新想標題實在太麻煩，大家就忍一忍吧！除非是我自己想寫，否則以後還是別找我寫稿了。

我的履歷…………私の履歷書

室生犀星

遭到附身

從昭和三十（一九五五）年到三十六（一九六一）年初，每天吐出大量文字，創作旺盛到像是遭到怪物附身。《杏子》之後是《我所愛的詩人傳記》，然後是長篇小說《蜻蛉日記遺文》、《甜蜜的哀傷》、《玻璃女子》、《穿過的和服》與《女性作家評傳》。這些作品都是篇幅較長的連載作品，打從寫作以來頭一次著手如此大量的稿子。我已經在展望所謂作家的晚年，在微笑中感受可能的死因。眾多文學獎項之於我是寂寞的喧囂。

前陣子出版了最後的詩集《昨天請來》，還出版了個人作品集第十二卷，以及個人俳句集《遠野集》，幾乎總結我的文學生涯。所謂三歲看大，七歲看老，年輕時的文學小子一路活到現在，深深覺得不能任意放棄生命，想學便去學喜愛的事物。即使將無用之人視為無用並放棄，也不能阻止人邁向自行選擇的方向。總會在某個地方定下來的。無論好壞，想往哪裡走應該自行決定。

我在虎之門醫院接受肺炎治療，每天發燒到三七點二三度的情況下完成本文〈我的履歷〉。主治醫生巡房時，看護與護士三秒鐘撤下寫作的工具。我若無其事地接受醫生打針，打完針後醫生便離開病房。接下來我再取出稿紙攤在木板上，喝杯涼水，接著提筆。

我喜歡寫作嗎？

我察覺到自己湧起寫作的欲望時，身體會恢復成過往健康的狀態。比起服藥與注射，渴望寫作使我更明確感應到疾病的不適逐漸消失，精神緩緩湧現。就像咀嚼般，漸漸品嚐到滋味。疾病這回事實在可怕，和病魔搏鬥期間，病魔會奪走所能奪走的一切，力氣也總是一再耗盡。

我寫完了簡單的，卻也是將自己與作品並陳的文學履歷之後，不可能再寫第四回的文學履歷了。倘若有第四回，想必仍會孜孜矻矻寫下安靜而簡短的履歷吧！倘若能在如此簡短的履歷中發現精益求精的自己，我想將這件事視為當下的喜悅。不抱野心與希望才是我原本的面貌。

作者簡介・作品出處

田山花袋

一八七二年生，小說家。一八九七年《棉被》出版後確立日本自然主義文學的方向。收錄的散文顯示儘管截稿日迫在眉睫，作家與妻子、編輯的對話依舊充滿趣味，藉此一窺作者幽默的一面。一九三〇年歿。

＊書桌

出處：《東京三十年》岩波文庫

夏目漱石

一八六七年生，小說家、英國文學學者。大學時代結識正岡子規，學習俳句。三十八歲之際以《我是貓》一舉成名，日後留下多數名作傳世。由收錄的書信和散文得知作家性格調皮又真誠，既在屋內戴草帽寫作，也努力交稿以免印刷廠枯等。一九一六年歿。

＊文人的生活等（節錄）

出處：《漱石全集　第二十五卷》／《漱石全集　第二十二卷》岩波書店

泉鏡花

一八七三年生，小說家。師從尾崎紅葉。《夜間巡警》與《外科室》大獲好評，《高野聖》出版後一躍而成人氣作家。由收錄的散文可知作家個性敏銳，對時間流逝的方式有其獨特感受。一九三三年歿。

*論寫作（節錄）

出處：《鏡花全集　卷二十八》岩波書店

志賀直哉

一八八三年生，小說家。創辦雜誌《白樺》，是大正時代文學的起點。作品包括小說《暗夜行路》、《和解》與《小僧之神》等。收錄的書信中表示因訪客過多而遲遲無法提筆，充分展露與其他作家、學者交流的一面。一九七一年歿。

*信　昭和二十一年

出處：《志賀直哉全集　第十九卷》岩波書店

谷崎潤一郎

一八八六年生，小說家。作品包括《痴人之愛》與《細雪》等。作家本人也認為自己創作速度緩慢，並因《源氏物語》白話文版全套延後出版，公開向讀者致歉。執筆期間差點罹患高血壓與腦溢血，在身體不適的狀況下完成稿件。藉由散文表達對於此事的喜悅之情。一九六五年歿。

＊我的貧窮故事（節錄）／《文章讀本》延後出版之聲明

出處：《谷崎潤一郎全集　第二十一卷》／《谷崎潤一郎全集　第二十三卷》中央公論社

菊池寬

一八八八年生，小說家、編劇與記者。創辦雜誌《文藝春秋》大獲成功，代表作為《父親歸來》。作家在文中提到「沒有比報紙連載小說更常遭到抱怨的了」。一九四八年歿。

*報紙連載小說之難（節錄）

出處：《菊池寬全集　十四卷》中央公論社

吉川英治

一八九二年生，小說家。一九三五年起於《朝日新聞》連載小說《宮本武藏》大受歡迎，創下報紙連載小說的空前佳績。收錄的書信中表示因寫不出《讀賣新聞》邀稿的連載小說而完全喪失自信，連副總編高木都特意前來拜訪。一九六二年歿。

*書信　昭和二十六年

出處：《吉川英治全集　五三》講談社

梶井基次郎

一九〇一年生，小說家。一九二五年創辦同好投稿的雜誌《青空》。收錄的明信片收件人為好友，提到因交不出稿而前往東京通知邀稿的新潮社。一九三二年英年早逝，留下《檸檬》等優秀作品。

*明信片　大正十五年

出處：《梶井基次郎全集　第三卷》筑摩書房

江戶川亂步

一八九四年生，小說家。日本偵探小說先驅。《怪盜二十面相》、《人間椅子》與《鏡地獄》等小說風靡一時，深受普羅大眾喜愛；留下多篇散文。作家曾自我剖白擅長短篇小說，執筆長篇時則會突然文思枯竭，或是害怕編輯催稿而逃往溫泉勝地。一九六五年歿。

*三篇長篇連載（節錄）

出處：《偵探小說四十年　一》講談社文庫

橫光利一

一八九八年生，小說家、評論家。師從菊池寬，出道作品為《太陽》與《蒼蠅》，內容令人印象深刻。代表作包括《機械》等。律己甚嚴，收錄的散文卻散發令人驚喜的幽默感。一九四七年歿。

*寫不出來的稿子／編輯中記

出處：《橫光利一全集　第十三卷》／《橫光利一全集　第十四卷》河出書房新社

林芙美子

一九〇三年生，小說家。立志投身文學領域，同時從事在澡堂保管鞋子等雜工維持生計。出道作為帶有自傳色彩的小說《放浪記》，其餘代表作包括《清貧之書》、《浮雲》與《飯》等。日記中屢次提及交給雜誌《改造》的稿件難產經過。一九五一年歿。

*日記　昭和十二年

出處：《林芙美子全集　第十六卷》文泉堂出版

太宰治

一九〇九年生，小說家。代表作包括《斜陽》與《人間失格》等。作家在散文《討論個人著作》中對於自己一天只能寫五張稿紙表達嚴厲的批判：「寫得慢是作家的恥辱。」在別篇散文則提及自己寫十張稿紙的散文「得推敲沉吟三天，寫了一會便撕破，再度提筆一會又撕破。明明現在日本紙張不足，撕破這麼多張紙，我自己也心驚膽戰卻又忍不住撕破」。將第一部小說視為遺作而命名《晚年》。一九四八年和情婦山崎富榮在玉川上水投水自殺。

*書信／明信片　昭和二十三年

出處：《太宰治全集　第十一卷》筑摩書房

*義務

出處：《太宰治全集　第十卷》筑摩書房

內田百閒……………………

一八八九年生，小說家、散文家。出道作為小說《冥途》，晚年留下《小野貓》等傑出散文作品，產量甚豐。行文常以經濟窘困為主題，收錄的散文中亦提到「比起寫稿子，四處向朋友要錢更符合我的個性」。一九七一年歿。

*無恆債者無恆心（節錄）

出處：《百閒隨筆　一》講談社學藝文庫

島崎藤村

一八七二年生，詩人、小說家。與北村透谷等人創辦雜誌《文學界》，因詩集《若菜集》聲名遠播。先以詩人身分進入文壇，之後成為自然主義小說界代表。著有小說《破戒》、《春》與《黎明時分》等。留學巴黎後常寄信給編輯部，懇求延長交稿期限。一九四三年歿。

*明信片　大正二年／六年

出處：《島崎藤村全集　三一》筑摩書房

川端康成

一八九九年生，小說家。與橫光利一等人創辦《文藝時代》。一九六八年獲頒諾貝爾文學獎，代表作包括《伊豆的舞孃》與《雪國》等。橫光利一曾在散文中提到「只有川端在截稿日當天準時送來稿子」。另一篇收錄的信件收件人為其妻秀子。川端康成經常在旅行時執筆，稿子寫好後寄回家，由秀子轉交出版社。寄出此信的兩天前，他以火車將要給《改造》的稿子寄回家，順利趕上截稿日。一九七二年於工作室吞煤氣自殺。

＊自序跋（節錄）

出處：《川端康成全集　第三十三卷》新潮社

＊書信　昭和九年

出處：《川端康成全集　補卷二》新潮社

梅崎春生

一九一五年生，小說家。以《櫻島》等戰爭文學作品進入文壇。代表作包括《破爛房子的春秋》與《幻化》等。文中與懷疑他裝病的記者對話十分有趣。一九六五年歿。

＊流感記

出處：《梅崎春生全集　第七卷》沖積舍

山本有三

一八八七年生，小說家、編劇。作品包括《路旁石頭》等。收錄的散文寫於一九二七年。當時作家忙於創作戲劇、小說與散文，深受失眠所苦。在早稻田大學擔任德語講師時期，每週課程多達三十小時以上，僅暑假期間方能執筆。一九二三年辭去講師，全心投入創作。之後擔任明治大學文藝學系主任。一九七四年歿。

*暫時謝絕邀稿

出處：《山本有三全集　第十一卷》新潮社

福澤諭吉

一八三五年生，思想家。創辦慶應義塾大學。著作《勸學》為暢銷書，也在自己創辦的《時事新報》發表評論。一九〇一年歿。

*勸學（節錄）

出處：《勸學》青空文庫

二葉亭四迷

一八六四年生，小說家、翻譯家。出道作《浮雲》以白話文寫成。收錄書信的收件人福田英子為倡議解放婦女的社運人士，因著作《妾的半生》而廣為人知；亦為新聞月刊《世界婦女》的發行人之一。二葉亭四迷因未能遵守《世界婦女》的交期而去信道歉。福田英子對作家的弔詞是「孺慕之情，如師長，如父兄」。一九〇九年歿。

*書信　明治四十年

出處：《二葉亭四迷全集第七卷》筑摩書房

武者小路實篤

一八八五年生，小說家、編劇與畫家。代表作包括《友情》與《愛與死》等。昭和時代旅館等店家經常裝飾題有作家之名言「情誼實美」的書畫。收錄的日記應是寫於其搬往「新村落」以實現理想社會的時期。一九七六年歿。

＊隨興所至之日記　大正十二年／十三年

出處：《武者小路實篤全集　第二十二卷》新潮社

森鷗外

一八六二年生，小說家、翻譯家。大學畢業後擔任陸軍軍醫。赴德國留學時與當地女性交往，《舞姬》即是根據兩人無法結果的戀情所寫成。木訥寡言，落落大方，復禮克己，擔任公職七年間僅請幾次假。一九二二年歿。過世後，由敬愛作家的木下杢太郎負責編纂全集。

＊夜半所思

出處：《鷗外全集　第二十六卷》岩波書店

北原白秋

一八八五年生，詩人、童謠作家與和歌歌人，曾為童謠《暖爐》作詞。書信中提到的《歌詞與音樂》為藝術雜誌，主要執筆者是詩人與音樂家山田耕筰；其弟鐵雄擔任代表，由藝術（ARS）出版社刊行。當時的妻子是第三任夫人菊子。收件人鈴木三重吉為北原白秋的恩人，助其擺脫身無分文的生活，甚至建造居處。曾為恩人創辦的雜誌《紅鳥》挑選創作童話，之後兩人因意見不合而斷絕往來。一九四二年歿。

＊書信　大正十一年

出處：《白秋全集　三九》岩波書店

石川啄木

一八八六年生，和歌歌人、詩人。收錄的日記寫於詩人從北海道前往東京，在東京《朝日新聞》擔任校對工作，生活較穩定的時期。小說《鳥影》遭退稿後，十一月起於《東京每日新聞》連載。「吉井」是和歌歌人吉井勇，「金田一」是金田一京助，詩人常與兩人見面。聽聞吉井想託病以逃避工作，詩人雖驚訝地責備對方：「你不用做了！」之後卻也成為裝病請假、躲在家中寫作的慣犯。四月動筆的《羅馬拼音日記》即提到：「對了！接下來再向公司請一星期假，好好創作一番吧！」一九一二年歿。

*明治四十二年日記

出處：《啄木全集　第六卷　日記（二）》筑摩書房

夢野久作

一八八九年生，作家。收錄的散文發表於一九三五年三月。該年一月出版名作《腦髓地獄》，為日本三大奇書之一。其妻久良回憶過去丈夫對自己朗讀文章時「剛開始很痛苦」，久了便也習慣。本文完成後隔年，即一九三六年時與訪客談話時猝死。

*低潮

出處：《夢野久作全集　七》三一書房

芥川龍之介

一八九二年生，小說家。代表作包括《地獄變》等。來催稿的水守龜之助當時是新潮社的菜鳥編輯。芥川對薄田泣菫表示因腸胃不適與痔瘡而逐漸「消瘦如螳螂」。菊池寬後來也表示：「芥川龍之介受病痛折磨，致使其下定決心自殺吧！」夏目漱石亦曾受痔瘡所苦。一九二七年歿。

*書信　大正八年／十年

出處：《芥川龍之介全集　第十八卷》《芥川龍之介全集　第十九卷》岩波書店

山本周五郎

一九〇三年生，小說家。小學畢業後曾在當鋪當學徒。一九三〇年（二十七歲時）結婚。代表作包括榮獲文藝春秋讀者獎的《青舢板物語》、《紅鬍子診療譚》等。曾以《日本婦道記》獲得直木獎，但作家公開婉拒，引發文壇震撼。一九六七年歿。

*愛妻日記　昭和五年

出處：《山本周五郎　愛妻日記》角川春樹事務所

小林多喜二

一九〇三年生，小說家。收錄的書信收件人中村惠是中央公論社的編輯。小林多喜二在寄出該信半年後，一九三三年遭祕密警察拷問致死。《為黨生活的人》在作家過世不久更改標題為《轉換時代》，刊登於《中央公論》。二〇〇八年，《蟹工船與為黨生活的人》因現代年輕人之貧困處境大為暢銷，熱賣超過五十萬本。

*書信　昭和七年

出處：《小林多喜二全集　第七卷》新日本出版社

川上弘美

一九五八年生，作品包括《神明》等。收錄的散文是刊登於雜誌《東京人》的連載內容。文中雖描述搬家日與截稿日重疊造成作家苦惱，卻也曾在著作中提到「兩年不搬家會蠢蠢欲動」。

*我之前搬家了。

出處：《一顆雞蛋份的祝福》平凡社

萩原朔太郎

一八八六年生，詩人。作品包括《吠月》等。熱愛偵探小說，強烈推崇江戶川亂步的《人間椅子》與《帕諾拉馬島綺譚》等作品。曾向江戶川亂步邀稿未果。一九二六年斷言沒有截稿日的邀稿「應該沒有意義」。一九四二年歿。

*書信／明信片　昭和八年／十一年

出處：《萩原朔太郎全集　第十三卷》筑摩書房

堀辰雄

一九〇四年生，小說家。代表作包括《風起》等。與知名的契訶夫譯者神西清相識於第一高等學校，兩人自此成為至交。二十四歲罹患肺結核後時常前往輕井澤療養。晚年著作與《堀辰雄全集》為神西所編纂。一九三八年，作家三十五歲時與書信收件人多惠結婚。一九五三年歿。

*書信／明信片　昭和四年／六年／十五年／十六年

出處：《堀辰雄全集第九卷》角川書店

子母澤寬

一八九二年生，小說家。從事記者工作十五年後投身文壇。作品包括《新選組始末記》等。非常喜歡動物，將收養的猴子命名小三；小三性格凶猛、難以馴服，曾換過多任飼主。一九六八年歿。

*愛猴記

出處：《子母澤寬全集　十》中央公論社

木下杢太郎

一八八五年生，詩人、醫師。與北原白秋等人成立「麵包會」，以為青年作家與藝術家交流的場合。醫學方面的成就為致力杜絕漢生病。收錄的散文原刊登於《科學筆》。昭和十五（一九四〇）年一月八日的日記提到「邀稿這種事一旦出於同情而答應下來，日後便像借錢般屢次受到催討，沒有比這更討厭的事了」。一九四五年歿。

*研究室裡的幻想

出處：《木下杢太郎隨筆集》講談社

室生犀星

一八八九年生，詩人、小說家。作品包括《杏子》等。書中收錄的是《我的履歷》最後一節，通篇闡述作家生活貧困，工作維持生計之餘仍以文學為志業；對於兄長的懷念、與萩原朔太朗的友誼，以及晚年對離世的妻子與友人的思念之情。一九六二年歿。臨死前仍執筆不輟，遺作《好色》為未完之作。

*我的履歷

出處：《室生犀星全集　第十三卷》新潮社

本書選文參考自左右社的〆切本

死線已是十天前

日本文豪的截稿地獄實錄

作　　者　夏目漱石、森鷗外、太宰治、芥川龍之介、
谷崎潤一郎、橫光利一、川端康成、江戶川亂步、
夢野久作、林芙美子、川上弘美……等

特約主編　周奕君
特約企劃　黃冠寧
副總編輯　黃少璋
封面設計　朱　疋
排　　版　黃暐鵬

出　　版　惑星文化／遠足文化事業股份有限公司
發　　行　遠足文化事業股份有限公司（讀書共和國出版集團）
231新北市新店區民權路108之2號9樓
郵撥帳號：19504465　遠足文化事業股份有限公司
電話：(02)2218-1417
信箱：service@bookrep.com.tw

法律顧問　華洋法律事務所　蘇文生律師
印　　刷　成陽印刷股份有限公司
出版日期　2024年7月初版一刷
2024年8月初版二刷
定　　價　320元

I S B N　978-626-98759-3-1（紙書）
9786269875900（EPUB）
9786269775293（PDF）

死線已是十天前：日本文豪的截稿地獄實錄／
夏目漱石，森鷗外，太宰治，芥川龍之介，
谷崎潤一郎，橫光利一，川端康成，江戶川亂步，
夢野久作，林芙美子，川上弘美等著；陳令嫻譯.
－初版.－新北市：惑星文化，
遠足文化事業股份有限公司，2024.07
208面；13×18.6公分.
ISBN　978-626-98759-3-1（平裝）
861.62　　　　113008517